NOËLLE CHÂTELET

LA TÊTE EN BAS

roman

ÉDITIONS DU SEUIL
27, rue Jacob, Paris VIe

ISBN 2-02-041686-7

© ÉDITIONS DU SEUIL, JANVIER 2002

Le Code de la propriété intellectuelle interdit les copies ou reproductions destinées à une utilisation collective. Toute représentation ou reproduction intégrale ou partielle faite par quelque procédé que ce soit, sans le consentement de l'auteur ou de ses ayants cause, est illicite et constitue une contrefaçon sanctionnée par les articles L. 335-2 et suivants du Code de la propriété intellectuelle.

www.seuil.com

En souvenir de celui qui m'a donné un peu de son histoire, qui pourrait être celle-ci.

« Et pour monsieur, ce sera ? »
Aucune hésitation dans la voix. Pas de perplexité dans les yeux qui s'arrêtent sur Paul.
La question est carrée, résolue, sans le vacillement habituel, cette gêne qui fait ondoyer le regard des vendeuses, parfois jusqu'à l'affolement.
Elle veut savoir du monsieur ce qu'il veut, le plus simplement. Et lui, le monsieur, il reste hébété devant la simplicité et les pains alignés. Par manque d'habitude, à cause de la joie.
« Et pour monsieur, ce sera ?... »
Mais rien ! Rien d'autre, mademoiselle, que cette phrase machinale !
Pour monsieur, ce sera le mot « monsieur », dit comme cela, exactement comme elle vient de le dire, la demoiselle, le plus simplement, et la joie inouïe qu'il en éprouve...
Paul repart, les bras chargés, quand même, de pain frais.

La croûte le pique au travers de la chemise en dépit de l'épais bandage qui sangle sa poitrine. Pourtant, il redresse le buste. Aujourd'hui il le doit. Il le peut aujourd'hui. Il a près de quarante ans et monsieur il est, par la grâce d'une demoiselle boulangère.

On dit qu'au sortir de prison, quand la porte s'ouvre grande, le prisonnier libéré se sent tout étourdi devant l'espace vertigineux qui s'offre à lui. Paul est comme ce prisonnier. La tête lui tourne d'être ainsi désentravé, délié du joug, de la part inopportune. Délesté.

Ses épaules ploient malgré elles. Elles n'ont pas appris la nouvelle posture. Elles croient encore qu'il faut cacher, garder secret. Elles ont oublié depuis longtemps la platitude de la lointaine enfance, le torse lisse d'avant l'envahissement. D'avant l'incongruité. Ne plus rentrer les épaules prendra du temps car le temps a duré de l'indignité.

Il redresse le buste et, dans l'embaumement du pain frais contre son visage, il imagine, sans frisson, la lame qui l'a libéré, d'une main sûre et bonne. Comme elle a tranché dans le vif, dans sa vie.

Les deux seins ont dû tomber ainsi que deux fruits blets, sans une larme de sang, presque naturellement, sans une déchirure.

Cette fois, la nature a laissé faire ce qu'elle n'a pas su faire elle-même. Elle s'est inclinée.

Les deux seins sont tombés et le voilà entier.

Davantage entier d'avoir été tranché. La lame, bonne et sûre, l'a rendu à lui-même.

Avant, il était mutilé. Mutilé de n'être pas un. Forcé à la partition.

Paul marche libre. Les fruits blets pesaient si lourd de n'être pas désirés, pleins du fiel de la contrainte.

La joie aussi le porte, l'allège.

Cette joie, ce soir, il va la célébrer avec son père, le fidèle compagnon de sa destinée, et avec Max, qui en partage parfois l'étrangeté. Ils apportent le champagne et leur complicité sans faille. Ils veulent être de cette renaissance, son père surtout. Il ôterait les pansements pour qu'il sache l'homme que son fils est devenu, à force de l'avoir voulu.

Une sonatine obsède sa mémoire. Il voudrait la jouer, ce soir, pour eux.

Il paraît qu'après que la lame a tranché il a réclamé un piano, dans un demi-sommeil. Il voulait mettre en musique l'accomplissement de son être.

Il lui a semblé entendre les infirmières dire « il » en parlant de lui. La sonatine a dû naître du bonheur de ce « il » gagné de haute lutte, arraché à la fatalité.

Paul marche en vainqueur, malgré le léger vertige.

Pas de perplexité dans les yeux des autres, ni le doute habituel. Personne ne se retourne sur lui. Il a probablement l'air d'être farouchement lui-même.

Sous la chemise, le bandage comprime son torse

et pourtant il respire mieux, profondément. Paul respire le tracé juste et droit de son existence d'homme mêlé à l'odeur de pain chaud...

Le piano. Délicatement, il en soulève le couvercle recouvert d'une poussière éloquente. Quand a-t-il cessé de s'asseoir devant le clavier ouvert sur le vide ?

Le vieux piano de toujours, accordé, réaccordé par son père, qui n'a jamais cessé de croire qu'un jour son fils en retrouverait le sens, la simplicité.

Tendresse de ce père qui, hier au soir, a tenu à retirer lui-même les pansements. Il lui revenait à lui, à lui seul, le devoir de mettre au monde l'enfant, une deuxième fois, après, en quelque sorte, avoir failli à la première. Ravissement du père dévoilant le torse de son fils. Bénédiction. Paul fut embrassé. On lui souhaitait la bienvenue. Bienvenue dans l'ordre des choses.

Max paraissait très ému de ce baptême profane arrosé de champagne, bien que le cœur lui manquât un peu. Il comprenait Paul, certes, et il n'avait rien fait qui puisse le décourager dans sa résolution si longtemps méditée, mais, pour lui, le sacrifice avait quelque chose d'impie, de sacrilège. Max aurait voulu qu'on ne touche jamais cette chair marquée du sceau de l'étrangeté suprême.

On but du champagne tant et tant que Paul en avait oublié le petit air de sonate. Puis ce fut le réveil et le cadeau du matin : la poitrine lisse et plate, celle de la lointaine enfance, bien là, sous les estafilades bleutées. Max est le seul à avoir posé son regard et sa main sur les seins de Paul avant le sacrifice.

Aucune femme ne le fit, pas même Flore. Flore la Passion. Interdit aussi suprême que l'étrangeté. Part proscrite de soi. Impossible à voir. Paul lui-même fermait les yeux, parfois, pour ne pas voir. Cacher, garder secret et, soi-même, s'efforcer à nier l'inconvenance, en présence d'une femme, et plus encore d'une femme aimée.

Paul souffle sur la poussière qui voltige dans le soleil. Il est torse nu, dans la lumière pâle. Mais lui est plus pâle que la lumière. La faveur d'offrir son buste à la lumière naissante du jour, il ne l'a jamais vécue. Jamais éprouvé le plaisir ingénu de saluer ainsi l'arrivée du matin. La pâleur est d'amertume, à cause de tous les matins sans fête.

Devant son piano, torse nu, Paul retrouve un autre lui-même, celui qu'il aurait pu être si les choses avaient été dans l'ordre. Cet autre à la fois inconnu et pourtant familier, comme lui ont été inconnus et familiers toutes celles et tous ceux qui se sont assis devant ce même piano, sur ce même tabouret, y compris la première de tous, une certaine petite fille.

Étrangeté due au désordre des choses... Paul, quarante ans, au torse d'adolescent, pâle comme le

LA TÊTE EN BAS

soleil, n'est pas sûr que la sonatine qui l'obséda, dans son demi-sommeil, parmi les chuchotis des infirmières, ne lui soit pas venue de l'âme tourmentée d'une petite fille prénommée Denise...

« Denise ! Descends du mur, mon ange, tu vas tomber ! »

Non, je ne vais pas tomber... On ne tombe pas du mur quand on est un ange. Les anges ne tombent pas. Les anges volent.

Là-haut, au milieu des nuages, je bats des ailes. Le monde est tout petit. Ma mère aussi est toute petite.

Et puis, de l'autre côté du mur, il y a la gare.

J'ai ciré mes galoches pour voir la gare, du haut du mur.

D'être là-haut le fait venir. D'être assise sur le mur, les ailes battantes, les galoches brillantes, le fait venir.

Chaque soir, assise en haut du mur, j'ai hâte. Chaque soir, en haut du mur, je n'ai pas hâte en même temps.

Je veux qu'il arrive et je ne veux pas, car je ne sais pas ce qu'ils me disent, les yeux de mon père,

quand il lève la tête vers moi, en arrivant de la gare.
Toute la journée, je me prépare.
Je veux être forte pour quand mon père me regarde. Je saute à la corde, j'escalade le mur, jusqu'à m'écorcher les mains.
Je trouve les autres petites filles molles, leurs bras et leurs cuisses n'ont pas la fermeté, la vigueur des miens. Dans les filles, on s'enfonce en général. C'est gras. Moi c'est autre chose. Je suis en bois, en bois dur.
Plantée devant le miroir, dans la chambre de maman : vérification. Est-ce que mon père l'aime, cette fille-là ? Et moi, est-ce que je l'aime, d'ailleurs, avec ses cheveux raides et noirs, son front qui n'en finit pas ? Est-ce que j'aime sa mèche intrépide, jetée sur le côté, sa façon presque hargneuse de n'être pas coquette ? Comment savoir ?
Devant le miroir, de ne pas savoir si lui l'aime et si, elle, elle l'aime, cette fille-là, me tourmente, un tourment pour moi seule, un poison qui dévore mes joues.
À table, mon père parle fort. Il parle avec la mère la même langue que moi, et pourtant je ne la comprends pas tout à fait. Quand mon père croise mes yeux, on dirait que de penser à moi lui fait penser à autre chose, puis il rit, fort aussi, et il m'oublie.
Autour de mon père, l'air est plus frais qu'ailleurs.
Il m'oblige à terminer mon ragoût.

Quand la mère de mon père est là, elle m'aide à finir mon assiette. Elle me sourit. Elle soulève ma mèche rebelle. S'attarde en caresse sur mon front. Est-ce qu'elle le trouve trop grand, elle aussi ? La mère de mon père caresse souvent mon front sans rien dire.

Quand je grimpe aux arbres ou que je joue à l'avion, ma mère reste longtemps à m'observer. Je sens que ses yeux silencieux se posent des questions.

Le jour où j'ai réclamé un train, elle m'a grondée. Elle était en colère. Pourquoi, la colère ? Vouloir un train n'a rien d'extraordinaire. Je n'ai plus qu'à le fabriquer moi-même. J'ai des poupées, bien sûr, dans ma chambre, mais ce n'est pas pour autant que je joue avec elles à la dînette. Une poupée n'est pas un jeu, c'est quelqu'un, un quelqu'un qui ne dit rien, accepte tout puisque c'est moi qui décide. La seule chose intéressante avec les poupées, c'est qu'elles se laissent faire.

Mon baigneur est l'unique garçon. C'est lui mon préféré. Il a droit à tous les égards. Il trône sur mon lit. Pour les poupées filles, c'est différent. Celle en porcelaine, je reconnais qu'elle est belle. Je l'admire. Je l'admire tant que je ne la touche pas. Mais la poupée de son m'exaspère. Je me venge sur elle du poison qui dévore mes joues. Je la torture. Je la punis d'être aussi molle, d'être aussi fille. Il le faut bien.

Ma mère trouve que je malmène beaucoup la

poupée de son, mais on voit bien qu'elle dit cela pour la forme. Elle aussi a une préférence pour le baigneur. Elle l'habille avec les restes des tissus dans lesquels elle coud mes vêtements. J'ai de la chance que ma mère soit une excellente couturière.

Pour les premiers froids de novembre, elle m'a taillé, dans un très beau lainage, un pantalon de golf, une chemisette ainsi qu'un bonnet de la même couleur, avec deux oreilles qui recouvrent exactement les miennes.

Nous avons fait le tour du village, la main dans la main, pour nous montrer. Presque tout le monde s'est écrié en me voyant :

« Oh! le beau petit garçon!

— Ce n'est pas un garçon, c'est une petite fille », répondait chaque fois ma mère.

Et nous pouffions de rire, toutes deux, en nous serrant fort la main.

« Serre bien la barre ! »
Le grand trapèze du portique. J'en rêvais. Maintenant j'y suis. Il est haut, beaucoup plus haut que le petit trapèze. Mon père a sa voix qui me fait peur, même si l'air autour de lui est devenu moins froid.
« Lâche tes mains, à présent ! »
Lâcher les mains. Renverser son corps en arrière. Dans le vide. La tête en bas. Voir tanguer le sol. Sentir tout basculer. Lâcher les mains. En faire des ailes, des ailes d'ange. Montrer à mon père que je sais voler, bien au-dessus des petites filles ordinaires, trop molles pour s'élever de terre.
Mon père ne dit plus rien. Il appuie seulement sa main sur ma cuisse musclée, fuselée maintenant comme le métal.
La tête en bas, je distingue le visage de ma mère, depuis la fenêtre de la cuisine. Elle a les yeux de celle qui se pose des questions. Nous avons compris qu'elle ne raffole pas de ces exercices physiques

auxquels mon père m'entraîne, et c'est en soupirant qu'elle m'a confectionné une tenue de gymnastique que son mari a exigée fonctionnelle, surtout sans fanfreluches.

Un père et une fille doivent parfois s'observer longtemps pour se connaître vraiment. Vigilance de chaque instant à tout peser, à soupeser, le moindre mot, la moindre inflexion de voix. C'est épuisant mais, tout compte fait, je préfère me planter devant mon père que devant le miroir de la chambre à coucher pour la vérification.

Est-ce qu'il l'aime, cette fille-là, et moi, est-ce que je l'aime ? Le miroir, évidemment, ne répond jamais, mais mon père, lui, répond parfois. Un remède efficace contre le poison qui me dévore. Je sais de mieux en mieux quand il l'aime, cette fille-là. Quant à moi, c'est quand il l'aime le plus que je l'aime le plus aussi, je crois.

Il me semble que mon père commence à se rendre compte que je ne suis pas molle comme les autres filles. L'air autour de mon père ne se réchauffe jamais mieux que lorsqu'il me fait courir au bois dans les chemins blanchis de givre ou qu'il verse sur mon dos l'eau glacée du puits à l'aube de l'hiver.

Ma mère ne proteste plus. À croire qu'elle, également, craint l'air froid que déplace mon père. Elle se contente de me frictionner ou de me servir un bol fumant de chicorée ou de soupe, tandis que je claque des dents de fatigue et de joie.

J'ai de la chance. J'aurais pu tomber sur un père qui préfère les filles avec rubans, manières et tralalas. Il aurait fallu alors que je fasse semblant, que je me force. Ce doit être terrible de se forcer à être quelqu'un qui n'est pas soi. Je ne vois rien de pire. Simplement d'y penser pourrait me couper les ailes, m'empêcher de voler... Je sens que je vais tomber... tomber du trapèze...

« Allons. Redresse-toi maintenant ! C'est assez ! »

Je m'assois sur la barre, tout étourdie, les deux mains cramponnées aux cordes. Mon père me contemple avec fierté mais aussi un certain soulagement. Il a dû sentir ma peur soudaine et la partager. Quant à ma mère, le front collé à la vitre, depuis sa cuisine, elle a une expression indéfinissable que je ne lui ai jamais vue. Elle n'a plus l'air de celle qui se pose des questions. Elle a l'air de celle qui a une réponse, mais pas celle qu'elle voulait.

Je tremble légèrement. Mon père me saisit dans ses bras. Avant qu'il me pose à terre j'ai le temps de sentir l'odeur de son cou. L'odeur de tabac au maïs.

Mais pourquoi, lorsqu'on redescend des hauteurs, le sol paraît aussi dur et glacé ?

Mon père et moi marchons vers la maison. Côte à côte, au même pas. Il l'aime, cette fille-là. Ma mère n'est plus à la fenêtre de la cuisine. Le carreau est vide sans son visage dedans.

« Tu as vu mes ailes, hein, tu les as vues ?

– Oui, oui. Je les ai vues ! »

– Un jour, tu sais, je le ferai.
– Qu'est-ce que tu feras ?
– Je le ferai... le saut de l'ange... »
Mon père ne répond pas. Il réfléchit. Il a raison. Le saut de l'ange, ce n'est pas rien. On peut se tuer si une mauvaise pensée vient vous couper les ailes.

Le piano. Une vraie passion.
Quand je commence les gammes ou les arpèges, impossible de m'arrêter. C'est comme avec la gymnastique. Les mêmes sons, les mêmes gestes. Pendant des heures et des heures. Je ne sens plus le sol sous mes pieds, le poids de mes mains sur les touches. En fermant les yeux, j'arrive à planer.
Ma mère ne s'oppose pas aux gammes et aux arpèges. Elle préfère cela à m'entendre ressasser pour rien, dit-elle. Elle parle d'obsession, d'idées fixes. Et puis, une petite fille au piano, elle trouve cela normal. Elle utilise beaucoup ce mot, ma mère : « normal », ou « pas normal ».
Je continue mes leçons de piano chez Mlle Mayeur, le professeur de musique. Je m'y rends seule maintenant. Autrefois, ma mère m'accompagnait. Elle était contente de croiser d'autres mères avec leurs petites filles. Certains jours, elle s'arrangeait pour assister à la fin de la leçon de la fillette qui me pré-

cédait et elle restait assise au fond de la pièce à admirer, comme au spectacle, les cheveux blonds ou bruns qui descendent jusqu'au bas du dos, les mouvements gracieux des bras, la robe bouffante, bien ordonnée de chaque côté du tabouret, le tralala. Je n'aimais pas trop, ensuite, lorsque mon tour venait, imaginer sur moi les yeux de ma mère et faisais mille efforts pour qu'elle m'écoute plutôt qu'elle me regarde.

C'est pour qu'elle m'écoute que je l'ai inventée, ma première sonatine, sans Mlle Mayeur, sans partition. Je me souviens de tout, pour la sonatine. Ma mère chez le laitier, moi seule, à la maison. Le soir qui descend et l'envie qui monte. Au début, j'ai cru que j'avais envie de pipi. Mais non. J'avais envie de notes. Pas uniquement de les entendre mais de les faire, car les notes étaient déjà toutes prêtes, toutes composées dans ma tête. Je n'avais plus qu'à les jouer. Alors je les ai jouées.

Mes doigts couraient, d'une mesure à l'autre, sur le clavier. On aurait dit qu'ils connaissaient par cœur ce que j'entendais. Ou alors, ce n'était plus moi, Denise, qui décidais, mais quelqu'un d'autre, comme si on jouait à deux, un quatre mains, et pourtant avec deux mains seulement. Et c'était beau, beau. J'en suis sûre parce que, quand ma mère est revenue, elle est restée debout, en manteau, le pot à lait à la main, sur le pas de la porte à m'écouter.

Ce soir-là, on voyait bien qu'elle s'en moquait, ma mère, du tralala. Je lui ai plu. Elle m'a donné un pot de graisse neuve pour mes galoches. À mon père, plus tard, je l'ai jouée, la sonatine. Je lui ai plu, à lui aussi, peut-être pas autant qu'avec mes acrobaties au trapèze ou aux anneaux, mais quand même.

« Mon petit », dit mon père. Je suis donc le « petit » de mon père. Je ne me souviens pas qu'il m'ait un jour appelée Denise. « Denise », c'est pour l'école, l'épicerie ou Mlle Mayeur.

Ma mère a dû se rendre compte que Denise n'est pas un prénom qui me convient si bien. Alors je suis devenue son « trésor ». D'être un trésor est un privilège. J'aimais bien aussi quand, très petite, j'étais son « ange ». Les Denise sont extrêmement répandues. Dans ma classe, il y en a une deuxième, une vraie, avec laquelle on ne peut pas me confondre et à qui « Denise » convient parfaitement. Il paraît clair que pour s'appeler Denise il faut porter des nattes, des robes très courtes sur des cuisses un peu grasses, et pleurnicher sans avoir jamais de mouchoir.

Je ne pleurniche pas. Dans la poche de mon pantalon, je garde toujours le mouchoir à carreaux que mon père m'a donné le jour de mes huit ans. Pour l'avoir mais pas pour s'en servir. Je ne l'ai pas déplié une seule fois.

Quand Denise la vraie pleure, tout est mouillé. Je ne comprends pas d'où peuvent venir tant de larmes. Moi, je gémis. Je n'ai pas de larmes quand je pleure. Elles restent à l'intérieur. Les chiens aussi font cela. C'est le poison qui me fait gémir, le tourment qui me dévore les joues.

Ma mère n'aime pas m'entendre gémir. Elle préférerait que je pleure vraiment, que je me mouche un bon coup puisque j'ai un mouchoir, et puis qu'on n'en parle plus. Mais pourquoi on arrêterait de gémir quand on a mal sans savoir pourquoi et où ? Ce mal, je ne peux pas l'expliquer, à personne.

La mère de ma mère, l'autre dimanche, a employé un mot que j'ignorais mais qui m'a beaucoup frappée. Elle a parlé de « pressentiment ». Elle a dit qu'elle avait le pressentiment que mon grand-père n'aurait pas un bon hiver. J'ai voulu savoir ce qu'était un pressentiment. Ma grand-mère a eu un regard vague, comme si son esprit s'en allait, très loin, très haut, du côté du ciel, des nuages, avant de m'expliquer qu'un pressentiment, c'est lorsqu'on sent, à l'avance, que quelque chose va se passer.

« Et cela fait peur ? ai-je insisté.

– Oui, cela fait peur », a-t-elle répondu.

Et la mère de ma mère m'a regardée très fort, comme si c'était moi tout à coup qui lui faisais peur.

Je m'interroge à propos du poison. Je me demande

si ça ne serait pas, par hasard, un peu un pressentiment... Le pressentiment peut devenir une véritable habitude. On peut en avoir pour tout et tout le temps.

Par exemple, faut-il considérer comme un véritable pressentiment ce qui s'est passé la semaine dernière chez mes parrains quand je suis montée en cachette dans la chambre de bébé Élise ? Quand j'ai regardé ?

Vérification. Contrôler, examiner, comparer. S'être dit que, oui, c'était bien la même chose. Pareil. La fente. Et puis, que non. C'était pas la même chose. Pas pareil. La fente. Trop visible, la fente d'Élise. Si discrète, ma fente à moi.

S'être dit, avoir pensé, avoir senti à l'avance que ma fente à moi, si discrète, il se pourrait bien que je finisse par l'oublier. Avoir eu peur de se le dire. Avoir peur de l'avoir senti, à l'avance. Peur du pressentiment.

« Tu as mal à la gorge ?
– Non. Pourquoi ?
– Je trouve que tu as une drôle de voix. »
Ma mère pose la cafetière sur la table nappée de blanc. Dimanche sans défaut, soleil exemplaire, fenêtres grandes ouvertes sur un jardin effervescent. La nature semble irréprochable. Moi, j'ai dix ans, et ma mère a raison : j'ai une drôle de voix. Une sorte d'enrouement.

Ce n'est pas l'enrouement coutumier. Je n'ai pas pris froid. Je n'ai pas crié démesurément dans la cour de l'école. C'est un voile sur ma voix, un voile inconnu, un léger banc de brume, une écharpe invisible sur un ciel limpide, venue sans prévenir, un nuage de vapeur flou, imperceptible, mais qui me fait dérailler, sortir de mon timbre.

Je me tourne vers mon père, tout à la volupté des premières bouffées de son cigarillo. A-t-il entendu ?

Ma mère s'est assise et m'observe. Moi, je regarde au-dehors intensément, comme si l'explication devait se trouver de ce côté-là, du côté de l'irréprochable nature.

Le regard de ma mère, il ne m'est pas difficile de l'imaginer. C'est le même, depuis toujours, devant l'inattendu, le moindre petit signe d'une incongruité de sa fille, ses yeux silencieux qui se posent des questions sans que j'en partage aucune réponse.

« Tu veux un canard ?
– ...
– Tu veux un canard ? »

Je sursaute. Si je veux un canard ? Chapeau, ma mère. Chapeau bas.

Les mères sont ainsi, capables de haute voltige. De passer du coq à l'âne, du coq au canard, quand l'enfant va tomber, quand l'enfant va souffrir, car quelque chose lui dit que l'enfant Denise, il se pourrait qu'elle tombe, qu'elle souffre.

Oui, je veux bien. Je veux bien un canard... Je réponds oui avec la tête parce que j'ai peur que mon oui, si je le dis, il ne déraille, il ne soit pris dans l'écharpe de brume, le léger, l'imperceptible nuage qui vient sans prévenir...

Le sucre se défait sur ma langue. La liqueur de café m'emplit la bouche et l'âme. Je voudrais me réduire aux petits cristaux qui crissent sur mes dents. N'être rien d'autre qu'un minuscule éclat de sucre.

Rien d'autre ?
N'être pas une fille de dix ans dont la voix déraille.
N'être pas ?
N'être pas une fille. N'être-pas-une-fille.
Quatre mots. L'évidence tient en quatre mots. Il m'aura fallu dix ans pour qu'elle prenne sens et devienne un ordre, une injonction. N'être pas une fille. Il aura fallu ce dimanche sans défaut et que ma voix déraille, s'empêtre dans une écharpe de brume, pour que l'évidence devienne aussi désir.

Mon père n'a toujours pas bougé. Il paraît perdu dans les volutes de fumée qui montent au-dessus de lui. A-t-il entendu ? A-t-il entendu l'enrouement ? Entend-il mon silence fait de quatre mots muets et irrévocables ? Les volutes font maintenant des ronds, des cercles qui se détachent et s'étirent, de plus en plus haut, magiques.

Nos trois têtes sont levées, comme aimantées par les tourbillons blancs et vaporeux, ces anneaux parfaits, semblables à des hiéroglyphes. Moi, j'ai quitté le sol. Je m'élève. Je rejoins les créatures dessinées par mon père, me mélange à elles, là-haut.

De là-haut, c'est à peine si je me distingue moi-même. Je vois un grand front, des cheveux courts et un air rebelle. Je ne vois aucune fille de dix ans. Je vois quelqu'un, c'est tout.

Les volutes s'espacent. Je redescends. Mon père éteint son cigarillo.

« Et si on allait au portique ? Montre-moi un peu ce que tu sais faire aux anneaux ! » me dit-il, plein d'allant.

Après beaucoup d'indécision, après quelques ratés, ma voix paraît vouloir se fixer dans un timbre plus grave et moelleux, un peu comme celle de mon père.

J'aime m'entendre avec ma nouvelle voix. Je l'écoute comme une promesse depuis que l'évidence est devenue désir. On ne peut pas être fille avec une voix qui ni ne claironne ni ne minaude dans les suraigus au point de vous écorcher les oreilles.

Ce qui est bizarre, avec cette histoire de voix, c'est que cela s'est produit sans moi, sans que j'aie rien fait. Car, au fond, si mes cheveux sont courts, c'est que je le veux bien, mais pour la voix on ne m'a pas demandé mon avis. Évidemment, je ne vais pas me plaindre. Évidemment, cette voix m'enchante, mais j'aurais préféré être avertie, surtout y être pour quelque chose, que ce soit moi qui décide. D'un autre côté, sans cette histoire, est-ce que j'aurais su que je ne veux plus être une fille ? En parler à Geneviève ? En parler. À Geneviève et seulement à elle, à la récréation, si elle se retourne vers moi, et seulement si elle se retourne, comme elle le fait quand mes yeux sont si fort posés sur sa nuque, ou ses épaules, qu'elle les sent, même quand elle s'applique, penchée à son pupitre, devant moi, dans la rangée des filles. Retourne-toi, Geneviève, s'il te plaît. S'il te plaît, c'est pressé, c'est urgent. Et Geneviève m'entend. Elle tourne lentement vers moi sa tête, son menton, sa bouche, sa joue, son nez, son front et ses deux yeux qui parlent aux miens. Rendez-vous à la cloche ? Rendez-vous à la cloche.

Dans la cour de récréation, il y a des filles qui jouent à des jeux de filles. Il y a des garçons qui jouent à des jeux de garçons. Et puis, sous la cloche, deux filles, très différentes, qui ne jouent à rien, debout dans la douceur de juin, debout dans la droiture des mots. Une Denise qui parle, une Geneviève qui écoute, et puis l'inverse. Denise dit qu'elle ne veut plus être fille, ne plus être une Denise. Geneviève dit qu'elle veut rester fille, rester une Geneviève.

Je crois que nous avons raison toutes les deux et Geneviève aussi le croit. Geneviève est une fille réussie. Il est normal qu'on veuille rester fille quand on est réussie. Si je m'étais appelée Geneviève, peut-être aurais-je été réussie, mais il est visible que je suis une Denise ratée. Geneviève ne pense pas que je sois ratée – au contraire : elle m'apprécie beaucoup comme je suis – mais elle comprend que je ne veuille plus être une Denise. Elle a remarqué pour la voix, le timbre plus grave. Trouve cela original.

La maîtresse approche pour sonner la fin de la récréation.

« Et si tu faisais comme si ?

– Comme si quoi ? »

Geneviève a le temps de me chuchoter à l'oreille : « Comme si t'étais un garçon ! »

Le tintement des cloches fait vibrer le mot « garçon ». Le mot « garçon » sonne à tous vents, carillonne à mes oreilles. Jamais personne ne m'a dit ça et celle qui me le dit est justement la plus réussie de toutes les filles que je connais, avec des yeux qui parlent aux miens.

La cloche s'est arrêtée de sonner, sauf pour moi. L'écho du carillon m'accompagne jusqu'à la classe, jusqu'à mon pupitre, dans la rangée des filles.

La rangée des garçons est juste à côté, séparée de nous par une travée minuscule. Entre la rangée des filles et celle des garçons : un pas, un rien. Il suffirait d'enjamber. Il ne faudrait qu'un saut, un petit saut. Le mot « garçon » continue de tinter. Je pense à mes exploits au trapèze, aux anneaux, à la vrille, à la chandelle, à toutes mes acrobaties risquées, dangereuses, et pourtant ce rien, ce petit pas de la rangée des filles à la rangée des garçons, il me paraît immense. Un vrai précipice. Même avec mon père près de moi, sa main posée sur ma cuisse aussi ferme que l'aile de l'avion, je ne suis pas sûre que je le franchirais, ce précipice.

Mes yeux appellent. Geneviève ! S'il te plaît ! C'est pressé, c'est urgent ! Mais Geneviève ne m'entend pas. Elle a tiré le long rideau de ses cheveux de fille réussie. Je m'agite. Je lève la main pour sortir. La maîtresse me gronde du regard mais consent. La cour est vide, silencieuse. Le carillon de ma tête, assourdissant. Je vois la cloche immobile qui a sonné la fin de la récréation, la fin de Denise, la Denise de l'école. Je vois la cour coupée en deux : côté marelle, côté ballon, et moi au milieu, à cheval sur la frontière, une jambe de chaque côté de la ligne entre filles et garçons. Geneviève veut que je mette mes deux jambes côté ballon. Elle trouve que j'ai raison d'en avoir envie et elle aussi en a envie, avec ses deux jambes côté marelle. C'est faire semblant qui m'embête. C'est vraiment que je voudrais être côté ballon. Le carillon s'atténue. De nouveau j'entends le ciel de juin au-dessus de la cour et, venant de la classe, les voix monocordes des filles et des garçons qui récitent tous ensemble pour la fête de fin d'année.

Je marche plus assurée jusqu'aux toilettes. Halte devant la double porte : l'une marquée « Filles », l'autre marquée « Garçons ». Ça recommence...

LA TÊTE EN BAS

Est-ce que ce sera toujours ainsi ? Toute la vie ? Faudra-t-il toujours hésiter entre deux portes ? Cette fois la décision m'appartient, à moi, à moi seule. Je suis contente que personne ne me voie, que les autres récitent sans se douter, sauf Geneviève, peut-être, qui m'a vue sortir et m'a suivie des yeux, Geneviève qui, parce qu'elle est réussie, semble en savoir plus sur moi que je n'en sais moi-même, qui a déjà choisi pour moi entre les deux portes, me veut côté ballon.

Dans la classe, la récitation s'est arrêtée. Geneviève, j'en suis sûre, tourne la tête. Elle regarde vers la cour. Elle me regarde.

Je pousse hardiment la porte côté « Garçons ».

« Tu as mal au ventre ?
— Non… »
Silence. C'est la deuxième fois qu'elle me pose cette question, et la deuxième fois que ma mère a l'air déçu. Comment peut-on être déçu que son enfant n'ait pas mal au ventre ?

Ma mère attend quelque chose. Une chose de moi que j'ignore. Plus que jamais, je suis son interrogation. Je la sens aux aguets, à l'affût d'indices mystérieux. Elle me tourne autour, m'inspecte. Au moindre signe de fatigue, elle se précipite, m'interroge. Son impatience qui tourne à vide commence à m'agacer car je n'attends rien de moi, ni de cet été, sinon qu'il se termine et ramène Geneviève.

Mon père aussi paraît agacé par l'agitation de ma mère. J'imagine qu'ils se querellent à mon propos car mon père n'attend rien non plus, il me semble.

Maintenant que j'ai poussé la porte marquée « Garçons », grâce à Geneviève, maintenant que je suis côté ballon, je me sens plus confiante, moins sensible au poison qui dévore mes joues. N'être pas fille était bien, mais être garçon est dix fois mieux, même si c'est une attention de chaque seconde, un travail à plein-temps. Il n'est pas vrai, par exemple, que les garçons et les filles dorment de la même manière, s'assoient ou marchent de la même manière. C'est toujours différent. À table aussi c'est différent. Mon père boit à grandes lampées, ma mère sirote. Mon père avale, ma mère grignote, la bouche en avant. J'étudie. J'apprends la différence et m'applique. Ce sont mes devoirs de vacances, pour l'été ballon, l'été garçon.

Sans doute parce qu'il est garçon, sans doute parce qu'elle est fille, mon père et ma mère, qui m'aiment tous les deux, m'aiment chacun à sa façon. Mon père me préfère au portique, ma mère au piano. Lui est fier du métal de mes cuisses, elle, de mes yeux aux longs cils noirs penchés sur la musique. On dirait qu'ils n'aiment pas la même personne. Seule Geneviève m'aime en entier, autant au portique qu'au piano, autant pour mes cuisses que pour mes yeux.

En fait, pendant que ma mère espère de moi quelque chose que j'ignore, je me languis de Geneviève. Il me tarde de lui montrer mes devoirs de vacances. Qui d'autre qu'elle pourrait les corriger ?

Derrière la porte marquée « Garçons », il y a un exercice très difficile. Je ne veux plus m'asseoir comme une fille sur la cuvette et la position debout m'est presque impossible. Souvent je hais Denise et je pleure de honte en inondant mes souliers. Les filles, ça fuit par en dessous, c'est dégoûtant. Pas les garçons. J'envie mon père, la courbe fière de son urine sur le tronc du pommier, au fond du jardin. Je rêve du grand jet. Je rêve de javelot, d'une lance glorieuse éclaboussant le ciel.

Réveil en sursaut.
Je n'attendais rien mais quelque chose se passe qui ne semble pas être la chose que ma mère espère car je n'ai pas mal au ventre.
Je n'attendais personne, pourtant j'ai entendu. Des petits coups à la porte de mon corps. J'ai une visite. On vient me voir en urgence, en secret. Je n'ose pas allumer ma lampe de chevet.
On a frappé très doucement, mais j'ai entendu. On aurait dit un frôlement, sur mon ventre nu.
À la porte de mon corps, la fente, ma fente de fille, a été oubliée depuis si longtemps qu'elle est devenue presque invisible mais je sais qu'elle est toujours là, comme un accroc, une déchirure.
Je fais semblant de dormir. Il ne faut pas que je le voie, le messager venu en secret, en urgence. Ne pas rompre le charme.
Le visiteur est armé comme un chevalier, et il a des ailes, j'en suis sûre. Leur bruissement doux

autour de mon lit fait vibrer l'air tiède de cette fin d'été. Je devrais avoir peur, mais je n'ai pas peur. J'écoute seulement de tout mon être ce qu'on a à me dire, à moi seule.

Je suis si attentive au message que je ne le sens pas tout de suite, mais maintenant, oui, je le sens. Je sens le doigt posé sur ma fente de fille, sur la déchirure, un doigt léger, aérien, et puis j'entends le mot que je prends d'abord pour un sifflement : « Chut… » Le doigt léger sur mes lèvres de fille fait « Chut… ». C'est tout. On demande à ces lèvres, à cette bouche, ouverte par erreur, de se taire, de ne plus parler, plus jamais. C'est tout. Je comprends que Denise est condamnée au silence éternel. Chut… Mes yeux sourient sous mes paupières baissées. Le bruissement d'ailes s'éloigne. J'ouvre les yeux dans le noir. Ma main descend sur mon ventre encore frémissant de la caresse du ciel. Juste au-dessus des lèvres interdites, je touche quelque chose de dur, de saillant. Mon messager m'a laissé un cadeau. Il m'a laissé en présent aux portes de mon corps un peu de sa lance glorieuse.

Les piqûres font mal. Les piqûres me font du mal. Je l'ai su dès que le docteur a posé sur moi ses yeux de fouine. Je l'ai su aux airs de conspirateurs qu'ils ont eus, ma mère et lui, pendant que je me déshabillais dans la pénombre du bureau. On ne devrait pas obliger quelqu'un qui ne veut pas à se déshabiller, même dans la pénombre. Le métal de mes cuisses n'a pas plu au docteur, ni mon buste lisse d'acrobate, qu'il a effleuré d'un regard contrarié avec ses doigts glacés.

Je connais le mal des oreilles les nuits d'otite, celui de la cheville les jours d'entorse. Le mal des piqûres est pire. On ne peut pas le voir, encore moins mettre un pansement dessus. Il est nulle part et partout à la fois, un peu comme le poison qui me dévore les joues quand je me tourmente devant la glace à me demander si je m'aime, avec la différence que le poison qui me dévore les joues, il vient de moi, il m'appartient, alors que le mal des piqûres… D'ailleurs, je le vomis, des heures entières. Je vomis les yeux de fouine, la présence anxieuse de ma mère derrière la porte de la salle de bains où je m'enferme à double tour.

Mon père est triste de me voir ainsi dans la nausée, le dégoût de tout. Ses colères contre ma mère se multiplient. Je pense qu'il a compris qu'on m'empoisonne puisque je n'arrive plus ni à courir au bois ni à faire la chandelle aux anneaux, mais peut-être n'a-t-il pas le droit de dire non pour les piqûres, sinon il le ferait. Qui peut dire non si mon père ne le peut pas ?

La nuit, le mal des piqûres est plus terrible encore. Je n'ose plus m'endormir. J'ai peur de Denise. Qu'elle se réveille. Qu'elle profite de mon sommeil. Elle pourrait bien désobéir : ne plus se taire. Les piqûres sont pour Denise – j'en suis sûre bien que je n'aie pas de preuve –, pour aider Denise à faire ce que ma mère attend. Geneviève, qui vient de rentrer de vacances, en est sûre également. De son côté, l'attente est finie. Chez elle, tout le monde est content qu'elle ait eu mal au ventre cet été, son père le premier, paraît-il.

Geneviève ne m'a jamais paru aussi belle. Le mal de ventre convient aux filles réussies. Je lui ai raconté la visite, le messager ailé, et comment il a choisi entre Denise et moi. Geneviève m'envie d'avoir un chevalier qui vient me voir en secret. Elle est curieuse du cadeau, de la lance glorieuse, même si ce n'est qu'un petit bout. Je lui montrerai un jour, c'est promis.

Quand Geneviève est auprès de moi, je reprends confiance. Je crains moins Denise malgré les piqûres, car Geneviève, la première, a choisi : elle me préfère toujours côté ballon, plus encore, dit-elle, depuis cet été. Elle aussi me montrera du nouveau, c'est promis, du nouveau qui va me plaire.

Ensemble, nous préparons le grand jour : l'entrée au lycée. Ces préparatifs me distraient des nausées, de la conspiration...

« J'ai besoin de toi, trésor. »

Ma mère, dans l'encadrement de la porte de ma chambre, un vêtement sur le bras, a prononcé cette phrase le plus simplement du monde. Aussitôt, je suis sur mes gardes : c'est avec le même ton qu'elle continue de me demander si, par hasard, je n'aurais pas un tout petit peu mal au ventre, comme si elle se sentait quand même gênée de poser, de reposer la question, semaine après semaine.

« Pour quoi faire ?

– Je voudrais que tu essaies quelque chose... »

Je suis ma mère vers la pièce-grenier, qu'on appelle l'« atelier », réservée aux travaux de couture. Elle me tend quelque chose que je regarde sans comprendre. C'est une jupe. Comment comprendre la mère, la jupe, les deux ensemble ? Je m'entends demander, d'une voix qui m'échappe :

« Mais... c'est pas pour moi... »

Puis j'entends la réponse, qui m'échappe davantage :

« Si, si. C'est pour toi. Pour le lycée. La jupe est obligatoire au lycée. »

La vie s'arrête. Elle trébuche sur un mot. « Obligatoire »... De mot aussi violent, je n'en ai jamais rencontré. J'ignorais qu'il en existe capables de tuer, des mots assassins. Et je ne veux pas croire que c'est ma mère qui le prononce, elle qui commet le meurtre d'un enfant qui est le sien et qu'elle appelle « trésor », toute candide, une jupe à la main. La scène n'en finit pas de durer : ma mère me tend une jupe que je ne prends pas. Ce doit être ainsi que les choses se passent au moment de mourir : tout est ralenti. C'est normal. Les dernières secondes de vie sont si importantes. Il faut avoir le temps de les vivre puisque ce sont les dernières. Et voilà qu'au moment de mourir je ne suis pas triste pour moi. Pour moi, c'est trop tard, c'est pour ma mère que je suis triste. C'est ma mère que je plains, elle qui tue, en toute innocence, son propre enfant et qui ne le sait même pas puisque Denise est encore là, debout devant elle, la tête baissée. Lui dire. Dire à ma mère qu'elle ôte la vie, côté ballon, côté garçon, à quelqu'un qui venait juste de naître dans un bruissement d'ailes. Un enfant né de la caresse du ciel.

« Ma mère ! Ma mère ! Ton nouveau-né, mis au monde d'un doigt léger par un chevalier, armé dans le secret de la nuit. Ma mère ! Ton nouveau-né se meurt si "obligatoire" est vrai !... »

« Mon petit !... »

Ma mère me serre dans ses bras où j'ai dû tomber, caresse mon front trop grand, mouillé par l'angoisse.

Pour la première fois elle a dit « mon petit », comme mon père... Le même soir, je n'entends aucun éclat de voix venant de la chambre de mes parents. Juste le chuchotis d'une conversation sans dispute, jusque tard dans la nuit.

Apprendre à s'asseoir avec une jupe. Apprendre à marcher, à courir avec une jupe. La sentir battre sur ses jambes comme des gifles, coller à la peau comme une insulte.

Chaque jour de classe, je dois me déguiser, m'accoutrer, chaque jour me travestir. Geneviève, qui comprend tout, comprend quand je dis que je suis défigurée habillée en fille, que je ne sais plus qui je suis habillée en fille. Quant au nom de « Denise », il m'est devenu si étranger que les professeurs doivent m'appeler plusieurs fois avant que je me rende compte que c'est à moi qu'on s'adresse. Denise, n'est-ce pas l'autre condamnée au silence éternel ? Je n'en peux plus du décalage.

Ce supplice, seule Geneviève me permet de le supporter, parce que seule Geneviève a vu... Les promesses ont été tenues. C'est Geneviève qui a commencé – c'est toujours elle qui commence – en déboutonnant son chemisier. Son nouveau à elle m'a laissée bouche bée : contrairement aux seins de ma mère qui me gênent parce qu'ils sont très gros, ceux de Geneviève m'ont émue jusqu'aux larmes. On dirait un paysage. Ils me font penser aux mamelons dorés des dunes au Sahara. J'ai voulu toucher. Elle a dit oui. Jamais je n'ai voyagé aussi loin.

Après c'était mon tour. J'ai hésité mais j'avais promis. Alors je lui ai montré mon nouveau à moi, qui l'a beaucoup étonnée. Elle a vu que c'était vrai pour la lance. Elle aussi a voulu toucher. C'est normal. J'ai dit oui. Elle aussi a eu les larmes aux yeux. Geneviève est donc l'unique à savoir que, sous la jupe qui ment, un garçon grandit, et quand elle tourne lentement vers moi sa tête, son menton, sa bouche, sa joue, son nez, son front, ses deux yeux qui parlent aux miens, je suis l'unique à savoir que c'est un garçon qu'elle regarde, égaré au milieu des filles...

Depuis qu'elle a vu, Geneviève ne m'appelle plus jamais Denise, même devant les autres. D'ailleurs, elle n'a pas besoin de m'appeler puisque je suis toujours près d'elle. Elle voudrait pourtant me trouver un autre prénom, juste pour elle et moi, parce qu'elle s'aperçoit bien que, dans la classe, d'autres filles recherchent ma compagnie. Geneviève prétend que je les charme, que je les attire.

Il est vrai que certaines filles se disputent pour s'asseoir à côté de moi. On dit qu'à côté de moi il y a plus de lumière qu'ailleurs. Que c'est ma présence qui fait ça. C'est curieux, parce que moi, en général, je me sens plutôt sombre étant donné ce qui m'arrive, le décalage et tout, sauf, peut-être, au cours de gymnastique. Là, malgré les piqûres qui me valent encore beaucoup de nausées et de faiblesses étranges, de retrouver mon short et mon gilet d'acrobate me rend heureuse. Je redeviens moi-même. J'aime le silence soudain du gymnase quand je monte au trapèze par la corde à nœuds ou que je m'envole sur le cheval-d'arçons avec mes ailes de toujours, mes ailes d'ange. Je les aime, tous ces regards de filles à la fois ébahies et émerveillées, levés vers moi quand je dessine dans l'air mes figures qui me rendent invincible jusqu'au moment où il faut redescendre – encore – et retourner en classe, retourner en jupe pour mentir à nouveau...

À la sortie du lycée, sur le chemin de la maison, la honte d'être vue en fille me fait courir. J'ai peur d'être reconnue, que quelqu'un m'arrête dans la rue. Affolée, je retrouve ma chambre comme si je venais d'échapper à un grand danger. J'arrache la jupe, la jette sous le lit, mais longtemps encore j'en garde le souvenir sur mes jambes, sur ma peau mortifiées.

Le plus incroyable, c'est que c'est Geneviève qui l'a remarquée en premier, la boursouflure, la légère enflure.

Normalement, au vestiaire, ce sont plutôt ses seins à elle qui m'intéressent, ses dunes au Sahara, pas les miens. Mais c'est un fait : mes seins ne sont plus tout à fait pareils. Ils ont gonflé.

Cette découverte nous terrasse toutes les deux. Ni l'une ni l'autre ne l'attendions ce nouveau-là, mais moi, moins encore. Moi, j'ai le vertige. Je reste clouée au banc du vestiaire, abasourdie comme le jour où ma mère m'a tendu la jupe, la jupe de la honte.

Geneviève s'assoit à mes côtés. Elle d'ordinaire si simple, si rassurante devant ce qui m'arrive, je la vois préoccupée. Elle dit que, pour elle, c'est comme cela que tout a commencé avant qu'elle devienne une fille totalement réussie : par cette boursouflure, ce gonflement, mais qu'à l'inverse de moi, elle l'avait espéré depuis toujours, elle avait été très fière de la transformation, de ses dunes au Sahara. Elle dit que, lorsque les seins commencent à pousser, normalement ça ne s'arrête plus. Elle dit que les piqûres y sont forcément pour quelque chose, qu'il y a du poison dans les piqûres. Elle dit que, si je deviens un garçon, je ne peux pas devenir fille en même temps. Elle dit que ce qui m'arrive n'est pas juste puisque j'ai choisi d'être un garçon. Elle dit que le chevalier mystérieux, le messager secret, lui aussi l'a choisi, sinon m'aurait-il laissé la lance en cadeau ? Elle dit qu'elle ne comprend pas pourquoi le chevalier ne revient pas me voir. Elle dit qu'elle n'y comprend plus rien.

Moi, je comprends. Trop bien. Je comprends que j'avais raison de craindre Denise puisque la voilà qui se réveille, en plein jour et devant tout le monde, au vestiaire du lycée. Je comprends qu'entre Denise et moi la guerre est déclarée. Je comprends que Denise a profité de la jupe, et peut-être aussi des piqûres, pour fourbir ses armes, me défier. Je comprends que je suis en grand danger, parce que, dans la guerre qui se prépare, l'ennemi est au-dedans de moi. Je comprends que l'ennemi est déjà dans mon corps. Je comprends que mon corps est mon mortel ennemi...

Des fleurs ou des arbres qui poussent très vite, j'en ai vu au Jardin des Plantes, où mon père m'emmène parfois. Dans les serres surchauffées et humides où on les voit croître, presque à vue d'œil.

Moi, c'est la même chose : je pousse dans tous les sens, de tous côtés. Je me fais peur à force de pousser de partout. C'est la jungle depuis que Denise et mon chevalier se font la guerre. Quand mes seins gonflent d'un coup, je sais que c'est Denise qui gagne, quand ma lance s'allonge, je sais que mon chevalier a le dessus.

Au Jardin des Plantes, dans les serres, les fleurs et les arbres ne poussent pas n'importe comment. Il existe un jardinier pour mettre de l'ordre dans les excroissances. Dans mon jardin à moi, la nature est folle, c'est la confusion, l'anarchie. Aucun jardinier ne vient à mon secours pour mettre de l'ordre. Mon corps est un champ de bataille. Cette bataille se fait sans moi, me dépasse.

Je ne suis pas sûre du tout de la victoire de mon chevalier, en qui j'ai mis toutes mes espérances. Après chaque assaut, j'évalue les dégâts. Dans la salle de bains, je m'inspecte longuement. Mes seins me font horreur. Même à Geneviève je refuse de les montrer maintenant. De n'avoir pas mal au ventre me rassure. Geneviève assure que c'est très bon signe. J'attends beaucoup de la rencontre d'un autre docteur avec lequel ma mère a pris rendez-vous sur l'insistance de mon père.

Ma mère et mon père ne se disputent plus. Ont-ils compris, eux aussi, que je suis en guerre au-dedans de moi ? Eux aussi semblent attendre la fin des combats. Ni l'un ni l'autre ne forcent la porte de la salle de bains pendant mes inspections. Mon père ne me fait plus courir au bois et, quand je rentre du lycée, je trouve mon pantalon et ma chemise fraîchement repassés, au pied de mon lit.

On attend. On attend tous les trois. Chacun devine qui attend quoi. Ma mère n'ignore pas qu'elle est la seule à espérer la victoire de Denise, mais elle n'y met plus le zèle d'avant. Je crois que d'aimer mon père et moi si fort commence à la faire douter de son propre désir.

Les moments de répit sont rares. Lorsque je me mets au piano, nous retrouvons un peu la paix. De jouer ma sonatine réconcilie tout le monde. Denise et mon chevalier eux-mêmes posent les armes lorsque je me mets au piano. D'entendre les notes toutes composées dans ma tête, de voir courir mes doigts sur le clavier et je ne m'inquiète plus alors d'être fille ou garçon. Je peux bien même être les deux à la fois quand j'invente ma sonatine, jouer à quatre mains s'il le faut, du moment que c'est beau. Car c'est beau. Je ne connais personne qui joue à quatre mains avec deux mains seulement.

D'inventer la musique met de l'ordre dans ma tête, de l'ordre dans mon jardin fou.

Dans les guerres normales, il y a un vainqueur et un vaincu. Au-dedans de moi, c'est différent. Personne n'a perdu mais personne n'a gagné non plus. Nous attendions inutilement, mes parents et moi : il n'y a pas d'issue à la guerre, pas d'armistice. Mon ennemie, je la porte, paraît-il, en moi pour toujours. Impossible de triompher tout à fait, encore moins de la tuer, à moins de me tuer avec elle puisqu'elle s'appelle Denise et que Denise, c'est moi.

Voilà ce que nous avons appris du nouveau docteur, qui avait l'air aussi surpris que nous et très attentionné à mon égard : désormais les piqûres sont vaines.

Sur le trajet du retour, personne n'a parlé. Nous avions tous les trois besoin de silence, besoin de se retrouver chacun dans ses pensées.

Apprendre que sa fille est aussi un garçon n'est pas simple pour des parents – ni pour la fille qui a depuis longtemps choisi d'être un garçon, rien qu'un garçon – et que ce verdict consterne.

Les mots sont venus plus tard, au dîner, à la maison. Des mots gais et des mots tristes, des mots sages et des mots fous, des mots qu'aucune famille, avant nous, n'avait eu à prononcer, des mots sans précédent, aussi inhabituels que moi, l'enfant, si peu ordinaire, si singulier.

Ce soir-là, un père et une mère ont fait quelque chose d'inoubliable et qu'aucuns parents avant eux n'avaient fait : demander à leur enfant de décider de son sexe, librement, pour la vie.

Ce soir-là, moi, Denise, douze ans, fille, mais aussi garçon, j'ai choisi, solennellement et pour la vie, de sacrifier Denise, avec la bénédiction familiale.

Inoubliable soir où ma mère comme mon père ont bien voulu que je sois garçon pour de bon, sans regret et sans larmes, en s'excusant pour les imperfections, les approximations, qu'ils m'aideraient, promettaient-ils, à oublier, au nom de l'amour, et, pour me le prouver, mon père m'a emmenée pour un voyage « entre hommes », en Suisse, d'où je suis revenue, d'où je suis revenu, en héros vêtu d'un pantalon gris en laine vierge et d'un veston bordeaux en velours côtelé que ma mère a trouvés élégants et fort bien portés en m'embrassant naturellement comme on embrasse un gars, son gars, son garçon.

Le voyage en Suisse avec mon père, je n'arrive pas à le dissocier d'un événement survenu le lendemain de mon retour et que j'attribue aux vertus du pantalon gris en laine vierge. Alors que je m'arc-boutais au-dessus de la cuvette des cabinets, debout, m'efforçant de ne pas inonder mes cuisses, j'ai, pour la première fois, eu l'incroyable surprise de ne pas fuir par en dessous. J'ai vu mon urine jaillir de ma lance. Je pissais comme mon père contre le pommier au fond du jardin, d'un jet fier dont j'avais du mal à maîtriser l'ardeur et la joie, les yeux brouillés dans l'odeur âcre, enivrante, du pipi.

À la lance, j'ai donné de vrais noms : je préfère verge à pénis, queue à quéquette. Tous les noms possibles, j'en établis des listes, innombrables, infinies. J'en invente aussi, comme si je craignais d'en manquer un jour, qu'un jour l'objet me fasse défaut, pour l'exhorter enfin à grandir plus et plus vite, doutant que le chevalier revienne me visiter et m'aide à nouveau...

Pour les jours de lycée, ma mère me confectionne une sorte de jupe-culotte. J'ai exigé qu'elle y prévoie une braguette à boutons sur le modèle du pantalon gris. C'est l'essayage.

« Est-ce que tu imaginais mon sexe quand j'étais dans ton ventre ?

– Non, pas du tout ! répond ma mère. Je n'arrivais pas à t'imaginer...

– C'est bizarre, non ?
– Oui, en effet... Peut-être que moi aussi j'hésitais... »

Ma mère me sourit. La braguette est bien en place sur le devant de la jupe... Geneviève, comme nous, a été très étonnée par le verdict du nouveau docteur. À elle également il a fallu un moment de silence pour en admettre l'étrangeté, mais, seul le garçon l'intéressant en moi, les mots pour exprimer la lance la préoccupent davantage que le destin de Denise, dont elle continue de trouver le nom inconvenant. Elle aussi a une préférence pour le mot verge, queue lui faisant beaucoup trop penser à un animal.

C'est en lisant *Paul et Virginie* que la révélation nous est venue, à tous les deux en même temps. Nous lisons souvent ensemble, Geneviève et moi, étendus sur mon lit, moi la main posée sur son sein droit, elle sur ma cuisse bandée d'émotion. En refermant le livre plein de larmes, où les nôtres s'étaient plus d'une fois mêlées, nos regards se sont confondus en une certitude : si elle était Virginie, je serais Paul.

Grâce aux pleurs d'amour, mon nom était trouvé : Paul serait mon nom.

J'ai de la chance d'avoir été baptisé par Geneviève. Ma marraine, ma fiancée. Je pense qu'être Paul va beaucoup m'aider. À ce nom je vais me tenir, m'accrocher, si une mauvaise pensée vient me couper les ailes, comme au trapèze...

Même s'il n'y a aucune raison pour que je ne l'appelle pas Geneviève, Geneviève aime aussi que je la prénomme Virginie. Quand je dis « Virginie », elle prétend que sa fente à elle, qu'elle a, paraît-il, infiniment plus immense que la mienne, palpite comme un voile de mousseline dans la brise de la mer.

Mes parents ont bien voulu de mon nouveau prénom. Ils ont trouvé juste que le choix du prénom ne leur appartienne plus, après s'être tellement trompés sur le premier, juste aussi qu'il revienne à la jeune fille de mon cœur, puisque j'ai choisi, solennellement et pour la vie, d'être jeune homme.

Ma mère s'est mise à Paul de bonne grâce. Mon

père m'appelle tantôt Paul, tantôt Paulo. Je préfère Paulo. Paulo ressemble à un surnom de toujours. On n'imagine pas qu'une Denise ait pu le précéder.

Parmi la famille et les proches, avec un degré de résistance variable, on s'incline peu à peu devant le fait que, pour ce qu'on en voit, je ressemble davantage à un Paul, ou un Paulo, qu'à une Denise, et puis on craint aussi l'intransigeance de mon père, prêt à se fâcher avec les récalcitrants, à les exclure du cercle familial à la moindre allusion déplacée sur mon hypothétique passé ou avenir de fille.

La mère de mon père, de tous, est celle qui m'apprécie le plus en Paul. Elle continue de câliner mon front plus grand que jamais sous la frange raccourcie, et ne manque pas une occasion d'apprécier la coupe d'une veste ou d'un costume taillés dans le même drap de velours que ceux de mon père. D'avoir un petit-fils la comble. Peu lui importe la manière insolite dont il lui est venu. Elle dit qu'il lui est tombé du ciel, que c'est pour cela aussi que je suis un artiste au piano.

La mère de ma mère est celle qui résiste le plus. Elle s'arrange pour ne pas me nommer. Prononcer « Paul » lui est impossible. Lorsqu'elle nous rend visite, ma mère et elle se livrent à d'interminables messes basses qui s'interrompent dès que j'apparais. Un dimanche, j'ai surpris un complot, dans la cuisine.

« C'est un moment..., disait ma mère. Rien n'empêche que... bascule... l'autre sens... l'autre sexe...
— Je l'espère..., a répondu la mère de ma mère. Il faut veiller... veiller au grain. »

Le mot « grain » a produit sur moi le même effet que les mots « jupe » et « obligatoire ». L'effet assassin.

Je les ai vus... Des sacs. Des milliers de sacs. Alignés, à l'infini, débordant de grains, de graines, des semences dégoûtantes, celles qui font germer les ventres, les seins, couler les fentes, et puis j'ai vu la mère de ma mère me fourrer dedans, de force, au fond du sac, le sac à fille, le sac à femme. Alors, le grain, je l'ai eu. J'ai eu le grain dans ma tête, plus fort que moi, et j'ai mordu. J'ai mordu la mère de ma mère. « Vous ne me mettrez pas dans votre sac ! » je criais.

Jamais je n'avais crié ainsi et jamais non plus je n'avais planté mes dents dans le gras d'un bras de femme. Le plaisir que j'en ai éprouvé m'a surpris et intéressé, mais ce qui m'a surpris plus encore c'est que ni ma mère ni la mère de ma mère ne m'ont puni, comme si j'avais droit aux cris, à la violence, comme si, me précédant dans la lignée, elles se sentaient seules coupables de cette mauvaise graine, du grain dans ma tête...

Je crois que d'avoir mordu la mère de ma mère a libéré la mienne de ses derniers doutes. Maintenant son consentement est total. Ma mère sera bien la seule femme de la maison entre ses deux hommes : celui qu'elle a choisi et l'autre, moi, qui s'est choisi lui-même. Je l'ai compris à la manière dont elle a congédié la cousine Berthe, venue fouiner chez nous l'autre matin. Je revois la tête de Berthe toute déconfite, sur le pas de la porte. Il est vrai que la cousine avait risqué une recommandation particulièrement stupide : « Reste quand même une vraie jeune fille, veux-tu ? » m'avait-elle dit avec héroïsme.

Quand Berthe a été partie, nous avons pouffé de rire, ma mère et moi, en nous serrant fort la main, exactement comme le jour où, quand j'avais cinq ans et que j'étais Denise, elle m'a montré à tout le village avec mon pantalon de golf, ma chemisette, mon bonnet de la même couleur, avec les oreilles qui recouvraient exactement les miennes, et que les gens croyaient que j'étais un petit garçon. Le plus drôle est que les gens ne s'étaient pas trompés ce jour-là. C'est eux qui avaient raison. Ma mère et moi ne savions pas encore. Enfin, qui sait ? Nous savions peut-être déjà sans savoir...

Je suis un monstre. J'ai quinze ans et je suis un monstre.

Bien sûr, personne ne le dit : ni ma mère, ni mon père, ni Geneviève, ni même le médecin qui l'avait décelé dans mon sang, mais moi je le dis au miroir de la salle de bains qui seul parle vrai, qui seul me connaît nu.

Sous la lumière crue du néon, je vois bien que rien ne va avec rien, le haut avec le bas, le bas avec le haut, à cause du jardin fou où tout a poussé n'importe comment.

À la foire, les gens paieraient pour me voir, pour voir le monstre. Ils admireraient le spectacle, le bas avec le haut, le haut avec le bas, tout l'imbroglio, et ils repartiraient contents dans leur maison, contents d'avoir vu, mais soulagés aussi, les femmes d'être des femmes, les hommes d'être des hommes.

Moi, sous la lumière crue du néon, je pleure sans larmes devant le gâchis, l'effrayant mélange. Je gémis du fond de ma gorge, mes larmes à l'intérieur.

Rien ne va avec rien. Un morceau de femme par-ci, un bout d'homme par-là, un bazar d'erreurs, d'inexactitudes. À deux dans un même corps.

Denise. Denise sacrifiée pourtant, solennellement devant père et mère, en plein devant. Répugnants, ses seins ronds, gorgés de poison. Sale, sa petite bouche silencieuse, sa fente sournoise, la plaie ouverte qui suinte sous moi.

Debout, sous la lumière crue, je plaque les deux mains sur les seins. Oublier le haut. Oui, c'est mieux. Puis je croise les jambes, serre le plus fort possible mes cuisses d'acrobate... Refermer la plaie, en coller les bords humides. C'est mieux, oui. Ne plus regarder maintenant que le robinet, le tuyau entre mes cuisses croisées. Fixer toute son attention sur lui, petit, si petit encore. L'aider à grandir, l'encourager des yeux et de l'âme.

Être seul, enfin, à habiter ce corps, moi, Paul, jeune homme par choix et par passion, plus sûr de mon sexe que ma propre mère, qui ne l'imaginait même pas quand j'étais dans son ventre. N'être plus un monstre.

Qu'est-ce qui leur a pris, à mes parents, pour que je me retrouve où je suis, en colonie de vacances ? La mère de ma mère y est peut-être pour quelque chose, à moins que ce ne soient eux, mes parents, qui en aient eu besoin, de vacances, de vacances loin de moi, pour se reposer.

J'imagine que ce doit être fatigant, à la longue, de partager ses jours et ses nuits avec un jeune homme approximatif, malgré le désir qu'il affiche de n'être qu'un jeune homme, d'appeler Paul ou Paulo quelqu'un qui, pour beaucoup, demeure encore Denise, d'être à tout instant confronté à la bizarrerie, même si la partie invisible de la bizarrerie, la plus extravagante, leur est épargnée puisque moi seul me connais nu sous la lumière crue de la salle de bains, moi seul vois le monstre en entier.

J'imagine que ce doit être fatigant puisque moi aussi cela me fatigue, énormément, la bizarrerie.

À cause d'elle, je ne parviens jamais vraiment à me reposer de moi-même...

Je surprends encore chez ma mère, malgré son zèle à me traiter en fils, rien qu'en fils, ces mêmes yeux déroutés qu'autrefois quand ils se posent, silencieux, sur le duvet qui pousse sombre au-dessus de l'ourlet gracieux de ma bouche, sur les attaches trop fines, délicates, de mes poignets qui émergent du gros velours épais de mes vestons, sur mon cou, que j'ai gardé blanc, trop gracile dans le col rigide des chemises.

Ma voix, en particulier, la fait encore sursauter. Elle ne s'y est pas habituée, à cette voix grave, plus grave maintenant que celle de mon père, qui sort de moi. C'est compréhensible : j'ai été très décontenancé, également, quand ma voix s'est prise, sans prévenir, dans l'écharpe de brume.

D'ailleurs ma mère n'est pas la seule à sursauter à ma voix. Ici, à la colonie, je sens bien qu'on s'interroge à son propos et sur bien d'autres choses encore me concernant.

Ici, contrairement au lycée, il y a des garçons. On les associe aux filles pour toutes les activités. Dans la journée, donc, le short et les pantalons étant admis et le sport à l'honneur (mon père me l'avait assuré pour m'encourager à quitter la maison), j'oublie qu'officiellement je suis Denise à nouveau, que j'appartiens à la catégorie des filles, la plus sportive de toutes, indéniablement, plutôt masculine dans ses manières, indubitablement, le cheveu trop court, certes, la pilosité peu discrète, assurément, mais sans plus.

C'est lorsque le soir arrive que l'angoisse me saisit. Le soir, à la veillée, quand le feu crépite au milieu de la prairie odorante et mouillée, les étincelles rouges des flammes m'embrasent parce que le manège commence des filles vers les garçons, des garçons vers les filles, et qu'à ce manège-là, où chacune, chacun a sa place, moi, je n'ai pas la mienne, bien que je sache pertinemment de quel côté me portent mes regards, mes espoirs.

Les étincelles rouges me font brûler. J'ai du sang dans les yeux à force de scruter le noir, de guetter à travers la nuit complice et stupide les déplacements des corps, l'imperceptible danse du désir qui font se toucher les mains, se frôler les genoux.

Contrairement aux autres garçons, aux vrais si je puis dire, je n'ai pas choisi parmi les filles, je n'ai pas élu ma préférée car, dans la journée, je ne les regarde pas, trop occupé à épuiser toutes les ressources de mon énergie, de mes muscles. C'est la fille la plus proche géographiquement qui m'attire et concentre ma faveur, à la veillée, d'où l'angoisse, car j'ignore tout de la fille la plus proche géographiquement. Je ne sais pas si elle me plairait en plein jour, et surtout si approcher sa main ou frôler son genou l'ennuierait venant de moi. À l'angoisse s'ajoute aussi la peur, mais moins aiguë celle-là, d'attirer un garçon. Si l'idée ne m'est pas agréable, l'incendie de ma tête aidant, je me dis que je ne pourrais pas non plus, si cela était, faire la fine bouche, qu'en fin de compte une main est une main et un genou, un genou. Mais ça n'est jamais arrivé, heureusement.

La veillée et son supplice du feu ne sont rien à côté du coucher et du lever où d'autres tortures m'attendent, car rigoureusement séparées sont les chambres des filles et celles des garçons et rigoureusement exclu est le fait que je ne sois pas, ici, une fille parmi les filles.

Qu'est-ce qui leur a donc pris à mes parents pour que je me retrouve où je suis ? À me fuir. À me cogner contre les barreaux du monstre en cage. À devoir tout calculer, se méfier de tout. Manigancer pour arriver en retard à la douche commune. S'ébouillanter pour disparaître corps et biens derrière la vapeur, l'épaisse buée et, tourné vers le mur, ma verge enfouie dans le secret des cuisses, dissimulée dans le repli de mon être, me laver de l'affront fait à moi-même. Se glisser sous le drap, le serrer contre moi, faire le mort en dessous. S'habiller en hâte aux premiers reflets du jour. Tricher, bien plus dangereusement qu'au lycée, jusqu'à la nausée, jusqu'au dégoût, sans pour autant trahir, sans faire la fille pour autant, car je ne dois, je ne veux rien montrer aux autres dans ma chambrée, et encore moins les seins, les seins là par erreur, l'erreur grossière, encore moins les seins. Tricher d'une manière fatale, comme à ma première communion, dont j'étais sûr qu'elle serait ma dernière, car, ce jour-là, rien n'allait déjà avec rien, ni ma robe de taffetas blanc avec mon envie inconditionnelle d'être en costume sombre, ni mon âme avec mon corps, ni mon corps avec mon corps, ni la joie des autres avec ma tristesse à moi de m'être sentie déguisée et d'avoir menti à Dieu, un cierge à la main...

La nuit, j'ai beau faire le mort, je suis très vivant. Toutes les filles endormies, leur fente ouverte, m'obsèdent. Il se dégage d'elles des odeurs qui me tiennent éveillé. Un mélange de Nivea et de sueur propre, la même odeur que chez Geneviève quand nous lisons ensemble sur mon lit. La multiplication des Geneviève devrait me rendre heureux, mais voilà, je ne le suis pas, car le doute lui aussi se multiplie, autant que les Geneviève, chaque nuit plus irrésolu, plus oppressant, et l'évidente question, la cruelle et l'inévitable question : ma lance timide, ma verge balbutiante saura-t-elle combler une fente de fille infiniment immense ?

Mais qu'est-ce qui leur a pris ?...

Mon père est le meilleur des pères. À observer ma mère, je ne dirais pas qu'il est le meilleur des maris, mais il est le meilleur des pères. Il faut parfois choisir entre être bon père ou bon mari. Il a choisi : c'est moi son grand projet. Ce n'est pas rien, un projet comme moi. D'autres pères que lui se seraient découragés. Lui, non. Il ne se décourage pas. Depuis le moment où il m'a posé sur la barre du trapèze jusqu'à maintenant, je n'ai noté de sa part aucun signe d'impatience ou de lassitude à m'avoir comme fils et comme projet. Ma mère, c'est par amour pour mon père et par tendresse de mère qu'elle a fini par bien vouloir d'un fils, mon père, lui, n'a jamais voulu autre chose, pas une fille en tout cas.

Il paraît qu'à ma naissance, à la maternité, avant même de me regarder, il a jeté violemment le bavoir rose sur le lit de ma mère, qui me tenait dans ses bras, et lui a dit : « T'es contente ! Tu l'as, ta fille ! » Il était dans une telle fureur que ma mère s'est mise à pleurer, et a regretté aussitôt et le bavoir rose et que je sois une fille.

Il m'arrive de penser que le regret de ma mère et la colère de mon père, je les ai sentis aussitôt, je les ai entendus, là où on entend sans entendre, là où on sait sans savoir. Il m'arrive de croire que l'histoire du bavoir rose m'a si profondément troublé que c'est à ce moment précis de mon existence fragile de fille que tout s'est décidé, dans les bras de ma mère en pleurs. Un garçon, qui n'attendait que cela, a peut-être tout senti, tout entendu, lui aussi, à ce moment précis et, profitant de la fureur du père et des larmes de la mère, il est accouru. Il a tenté sa chance pour exister et réconcilier tout le monde. Un peu tard, trop tard sans doute, d'où l'imbroglio, l'effrayant mélange d'aujourd'hui. Ce garçon, bien sûr, c'était moi.

Quelque chose me dit que mon père m'est reconnaissant des efforts inaccoutumés que j'ai dû déployer pour devenir son Paul, son Paulo. Il en mesure le prix. C'est pourquoi il les a si bien accompagnés, sans impatience ni lassitude. C'est pourquoi il est si complice. Sur l'imbroglio, il est clair qu'il ne souhaite pas en connaître trop.

Quand nous allons ensemble au fond du jardin, seuls nos jets mêlés et tendres l'intéressent. Il détourne la tête de ma lance. La petitesse de ma verge, il ne veut pas la voir. Nous sommes deux hommes, un père et son fils, qui pissent contre un pommier, en harmonie, en accord avec les choses, simplement.

Je garde toujours dans ma poche le couteau du voyage en Suisse d'où, grâce à mon père, je suis revenu au masculin, pantalon gris et veston bordeaux en velours côtelé, alors qu'au féminin j'étais partie, après avoir embrassé fort ma mère parce que celle qui la quittait, Denise, sa Denise, la quittait pour toujours, même si moi, le jeune homme par choix et par passion, j'allais revenir vite.

Les femmes sont à mon père et moi notre sujet favori de conversation, mon père parce qu'il en est fou – plus que ne le souhaiterait ma mère –, moi parce que mon attirance pour elles, je la puise dans le peu que je possède de normalité. Mon envie des filles, des femmes, me rassure sur mon choix de toujours d'être homme. Mais ce qui me rassure plus encore, c'est d'être désiré. Jamais je ne me sens plus normal que lorsque je suis désiré. J'oublie l'imbroglio quand une jeune fille de la classe se prélasse à mes côtés, au soleil, pour commenter, lascivement, le dernier cours de littérature. Je ne pense plus à l'effrayant mélange quand son regard cherche le mien, comme si, à lui seul, il rétablissait l'ordre des choses, aussi simplement qu'un jet d'urine sur un pommier, comme s'il m'autorisait le luxe suprême de devenir ordinaire. Je ne doute pas un seul instant, moi que le doute persécute, que ce que la jeune fille explore alors, c'est ma convoitise de jeune homme avec couteau suisse et veston de velours côtelé, ma cupidité d'homme qui perle et luit dans l'ombre duveteuse et trouble de ma lèvre. Geneviève, qui demeure à mes yeux la plus belle et la plus désirable de mes compagnes de classe, a l'extrême courtoisie de n'être pas jalouse. Elle laisse faire.

« Tu leur tournes la tête à toutes, commente-t-elle avec bonhomie.

– C'est ta faute. C'est toi ma marraine, je te rappelle. Toi qui m'as baptisé Paul.

– Oui, mais c'était pour être *ta* Virginie. »

Et nous sourions...

Je soupçonne Geneviève, en dehors de sa générosité naturelle, d'avoir quelque intérêt au trouble que je sème parmi ses amies. Qui sait si, elle aussi, n'a pas besoin d'être rassurée sur mon appétit des filles, d'être sûre que je suis bien un Paul, *son* Paul, si elle veut un jour devenir *ma* Virginie ?

À mon père, j'ai parlé, bien après la colonie, de mon angoisse liée à la cruelle et inévitable question : la modestie de ma verge, l'immensité d'une fente de fille. Mon père a ri très fort en allumant son cigarillo. Il a dit que de me poser cette question était bien la preuve que j'étais un homme. Que tous les hommes avaient cette même crainte. Que lui aussi l'éprouvait. Puis il a plaisanté sur la chance que j'avais de vivre en permanence au milieu des filles, d'être le loup dans la bergerie en quelque sorte, de profiter chaque jour de leur intimité, en cachette puisque caché.

Je n'ai pas eu le cœur d'en dire davantage, de contrarier le rire de mon père et sa naïveté. (Sans doute en a-t-il besoin, de cette naïveté, pour garder courage.) Pas eu le courage, à mon tour, de le mettre devant le gâchis. Qu'il le voie, enfin, le monstre dont il a fait un projet. Qu'il la contemple, leur œuvre, à ma mère et à lui, où rien ne va avec rien. Qu'il pleure, enfin, des larmes de gorge sur ce soi-disant loup, plus effrayé des moutons que les moutons eux-mêmes, ce mammifère inaccompli et craintif, ce honteux loup-garou, qui ne se montrera ni sur un tréteau de foire ni devant son propre père.

Je n'ai pas pu lui dire la torture du déguisement, du faire-semblant, l'affolant malaise du décalage, qui depuis quelque temps me préoccupent, parce que c'est ma tête qu'ils font souffrir, à l'endroit même du grain qui m'a fait mordre un jour la mère de ma mère. L'impression que le grain a poussé, germé, mauvaise graine venue du jardin fou, au point d'éprouver des sensations inhabituelles, pour lesquelles je n'ai pas de mots mais qui pourraient bien me faire mordre à nouveau, d'incompréhension : la sensation singulière que ma peau se décolle comme si elle se détachait de moi et comme si, moi aussi, je me détachais de moi-même, sans comprendre où je m'en vais, vers quelle contrée inconnue, dont je serais bien incapable de savoir si elle est hostile ou non.

Avec Geneviève pas plus je n'ai évoqué cette singularité, car ma peau, elle lui plaît tout particulièrement. Elle en aime justement le mélange de douceur et de rugosité dans les endroits réservés où j'autorise sa main à se promener. Elle n'aurait pas de plaisir à apprendre que ma peau se décolle de moi.

Geneviève a voulu m'emmener avec elle au bord de la mer.

Depuis l'expérience ratée de la colonie, je ne m'étais plus jamais éloigné de mes parents ni de la maison, seul lieu susceptible de me protéger des autres comme de moi-même, mais avec Geneviève c'est autre chose. Je ne peux pas être plus près du meilleur de moi qu'auprès d'elle. Geneviève est mon repère, ma toise. Contre elle que je mesure depuis toujours les écarts de mon développement désordonné, de mon imbroglio. Sur la toise de Geneviève, seule est graduée ma croissance de garçon et de jeune homme. Le reste n'y figure pas. De ce point de vue, elle n'est pas différente de mon père. Tout ce qui concerne Denise – qu'elle a bien connue, quand même, puisqu'elle était sa meilleure amie – est passé sous silence, effacé. Geneviève a tiré sur elle le long rideau de ses cheveux de petite fille, puis de jeune femme. Tout a été dit, dans la cour de récréation, sous la cloche de la communale, quand, debout dans la droiture des mots, nous avons décidé, elle, de rester une Geneviève, moi, de n'être plus une Denise, et que Geneviève a pris pour moi le parti du « faire comme si » qui m'a tant aidé à devenir Paul, ce Paul qu'elle a baptisé de notre émoi commun...

Geneviève m'emmène à la mer. Elle emmène son fiancé, sans même se rendre compte combien mal il ressemble à un fiancé, d'autant que pour la famille qui nous attend là-bas c'est une amie de lycée qui a été annoncée – je suis l'amie de toujours, qu'on a croisée quelquefois.

Aussitôt arrivé, je me dis que l'idée de la mer n'est pas une bonne idée, pour personne. Je refuse obstinément de me dévêtir sur la plage. Geneviève, qui ne peut pas se retenir de m'appeler Paul, ajoute à la confusion et au trouble provoqué par ma voix et mes manières. Le père de Geneviève n'est pas là, heureusement, mais sa mère me pétrifie.

Dans les yeux de la mère de Geneviève posés sur moi, je retrouve le même questionnement silencieux de la mienne, du temps où elle ne savait pas encore... Les mères doivent avoir cela en commun de chercher l'invisible, de se frayer un passage dans les broussailles de la nature, comme si aucune extravagance, aucun mystère ne devait leur résister. Les yeux de la mère de Geneviève me traversent.

Ils percent mon secret, comme le soleil les nuages déchirés, à chaque regard.

La mère de Geneviève, qui ne peut pas tout voir – qui le pourrait ? –, voit l'essentiel : elle comprend que l'amie de lycée a beaucoup de jeune homme en elle et elle s'interroge pour sa fille...

Elle a tort de s'interroger. Sa fille ne craint rien du jeune homme en question. Sa fille ne sera jamais aussi peu en danger que dans la chambre de ce jeune homme-là. Le jeune homme est une chimère. Je suis une chimère. Je n'existe pas. Je ne peux pas approcher Geneviève, ne peux même pas lire à ses côtés, ma main sur son sein droit, sa main sur ma cuisse, car ma cuisse ne bande plus d'émotion. Ma cuisse, comme tout le reste de ma personne, a fondu d'impuissance. Je me suis dissous. Inoffensif je suis, madame la mère...

Que se passe-t-il, Paul ? demande muettement ma Virginie, son beau visage levé vers moi. Il se passe, Virginie, que... Honte à moi. Voilà ce qui se passe. Honte au fiancé sans fiançailles, sans accordailles. Le désaccord reste entre moi et moi. Honte au jeune homme, à l'amie de lycée qu'une madame mère terrorise de son perçant regard. Il se passe que je suis en faute du féminin au masculin, du masculin au féminin, une faute que toi, Geneviève, ne pourras jamais inscrire sur la toise de ton désir ni de ta volonté.

En vain Geneviève m'exhorte à nouveau, mais le

« faire comme si » n'aide plus. Pour être un fiancé, c'est vraiment qu'il faut faire, vraiment qu'il faut être, pas moitié-moitié, pas à demi-mot, à demi-geste...

Geneviève m'accompagne à la gare. Je pars de n'avoir pas osé, pour avoir douté d'un certain chevalier, d'une lance glorieuse, au mauvais moment, au moment de la preuve, de l'Acte officiel, de n'avoir pas voulu prendre ce qui m'était offert.

Dans le train qui me ramène à Paris, je sens ma peau qui se décolle un peu plus de moi, je me quitte davantage...

À la maison, où l'on n'ignore pas d'où je viens, on me fête sans poser de questions. Au piano, je suis éblouissant. La sonate que j'invente, je la joue, comme dans les grandes occasions, à quatre mains tout seul, mais elle doit sonner triste car ma mère sanglote.

Je ne pisserai pas ce soir, aux côtés de mon père, sur le pommier en fleur.

Mon vieux professeur de piano, Mlle Mayeur, est formelle, elle l'affirme depuis des années à mes parents : je suis un étonnant pianiste. Pas un interprète, ni un exécutant, incapable que je suis de me soumettre à une partition, mais un artiste, un inventeur, cela est sûr. Mlle Mayeur ne se trompe jamais sur ses élèves. Elle perçoit leurs particularités, leurs dons ou leurs limites dès les premières gammes, à la manière spontanée qu'ils ont de placer leurs mains sur le clavier.

Ma manière à moi n'a jamais ressemblé à aucune autre. Les deux mains sont toujours à l'opposé, contradictoires. On dirait, dit-elle, que ma main gauche et ma main droite se provoquent, qu'elles se disputent la musique comme si elles avaient besoin de cette querelle, de ce conflit permanents pour que jaillissent de mes doigts des notes d'une étrange somptuosité.

Ce qui est vrai pour mon professeur l'est aussi

pour moi : je sens bien qu'au piano il y a de l'affrontement, du désaccord, comme ailleurs, mais là seulement je réconcilie aussi quelque chose. Je fais la paix, je hisse le drapeau blanc de mes discordances. Ce que Mlle Mayeur ne sait pas, c'est que des mains j'en ai plus de deux, puisque c'est à quatre que je joue et invente.

Ces quatre, je les connais. Deux d'entre elles sentent encore l'odeur de la graisse que je mettais, toute petite, sur mes galoches. Cette toute petite n'est pas ma véritable ennemie. Je n'ai rien contre elle. Elle aussi souffrait. Un poison étrange lui dévorait les joues. Un mal la rongeait, le sentiment d'un manque, d'une imperfection obsédante, et l'attente qui n'en finissait pas d'un père qui allait la juger. Avec cette toute petite blessée je veux bien jouer, que nous fassions de la musique ensemble. Ne pas lui faire du mal, ne pas la blesser plus. Je ne peux pas tuer cette petite fille que je n'ai pas su être. Je caresse son front, trop grand, d'un bel arpège, je fleuris son regard, trop inquiet, d'un beau contrepoint...

Au piano, je n'ai pas de haine d'être deux, dans le même corps, avec nos quatre mains. La toute petite n'est pas une femme. Ses menottes ne me font pas peur. Elles dansent, adorables, sur les touches noires ou blanches. Je l'appelle pour mes canons à deux, mes canons inversés. Elle me rejoint pour mes sonates, aide à leur raffinement. De ce partage rare, la beauté est la récompense. Pour moi, et pour mes parents aussi, car eux aussi se réconcilient quand je joue pour eux. C'est le seul moment où mon volage de père ne s'agace pas de voir ma mère en larmes. Je suis leur projet commun, leur réussite.

Aucun monstre ne résiste au sentiment ineffable de la perfection.

Même bord de mer, même maison, mais, cette fois, seuls, Geneviève et moi.

Même bord de mer, même maison, même Geneviève, moi seul différent. Pas dissemblable du monstre que j'étais, que je suis, mais différent par l'impatience, le désir d'une revanche à prendre sur le doute et la honte, précise, pressée…

Geneviève fait semblant de dormir. Elle m'a senti venir, donc elle fait semblant de dormir. Elle attend une visite.

Moi aussi, une nuit, on m'a visité ! Geneviève ne l'a pas oublié.

Cette nuit, c'est son visiteur à elle qu'elle attend.

Elle espère qu'il lui viendra dans un bruissement d'ailes, comme toujours les visiteurs de la nuit.

C'est pourquoi je m'approche de son lit d'un pas gracieux et doux qui fait vibrer l'air tiède de cette fin d'été.

LA TÊTE EN BAS

Aujourd'hui, le visiteur, c'est moi.

Geneviève ferme bien les yeux. Elle sait qu'il ne faut pas, surtout pas le regarder pendant qu'il la regarde.

Nue, blanche sur le drap blanc, les yeux sont clos mais les cuisses ouvertes, légèrement.

Je reconnais le paysage des seins, les mamelons des dunes au Sahara, mais le reste, je le découvre, jamais vu, jamais touché !

Beauté parfaite de cette harmonie où tout va avec tout, le haut avec le bas, le bas avec le haut. Aucun désordre. Aucune inexactitude.

Le long rideau de ses cheveux blonds ne s'arrête pas aux reins : il reprend en franges bouclées au sommet des cuisses entrouvertes, je le découvre aussi tandis que je m'assois au bord du lit blanc, plus léger qu'un fantôme.

Et puis je la vois : elle est là, dans la ravine des franges, la fente. La fente de Geneviève n'est pas une plaie, ni une déchirure. Ce n'est pas un accroc à l'ordre des choses. La fente de Geneviève est un sourire. Un sourire spirituel et tendre aux lèvres ourlées de malice.

Je contemple cette bouche si heureuse d'être au monde, si fondamentalement réussie de jeune fille réussie, moi, le jeune homme approximatif, qui n'en reviens pas d'être attendu, d'être le visiteur à qui ce sourire s'adresse dans la tiédeur de la nuit.

Ma main émue glisse sur le ventre nu, effleure du plat de la paume toute cette blondeur bouclée. Les cils de Geneviève frémissent. Ils semblent accompagner ma main, la conduire.

Une nuit un doigt est venu se poser sur mes lèvres de fille, ouvertes par erreur. Il a fait « Chut... », leur a demandé de se taire à jamais. J'y pense en posant mon doigt de garçon sur les lèvres de Geneviève et elle aussi y pense. Elle ne l'a pas oublié.

Cette nuit, c'est moi le visiteur, moi le chevalier.

Les lèvres de Geneviève ne doivent pas se taire. Elles veulent s'ouvrir au contraire, parler, dire ce qu'elles n'ont jamais dit, encore, à aucun homme, et veulent le dire à moi.

Mon doigt se glisse dans la fente. Les lèvres soupirent, comme si elles s'éveillaient. Le sourire, encore, mais comme mouillé maintenant. Je veux le trouver, le voile de mousseline, savoir où et comment il palpite dans la brise de la mer.

Mon doigt, qui n'a jamais appris, devine son pouvoir, son talent, et pénètre plus avant dans la fente malicieuse et tendre. Les yeux de Geneviève sourient à leur tour sous les paupières baissées.

Ce qu'elle a à me dire, à moi, à moi seul, je l'entends.

Assis sur le bord du lit blanc, ma main d'homme apprend vite. Bientôt, je sens se refermer violemment les lèvres de Geneviève. C'est mon propre cœur qui bat au bout de mon doigt.

Maintenant je sais vraiment pourquoi j'ai tant voulu être un Paul : pour sentir mon cœur battre au plus profond d'une Virginie.

Geneviève me regarde les yeux grands ouverts. Elle veut le voir, le jeune homme qui, sans se dévêtir, sans l'enfourcher, a pu la posséder à ce degré de violence et de plaisir mêlés.

Geneviève veut le voir, celui qui monte à l'assaut de sa belle sans sa lance.

Ce sera la biologie. Je ne vois guère que la biologie pour m'accueillir, pour héberger ma singularité et le désordre qu'elle cause, dans mon corps depuis longtemps, dans ma tête de plus en plus. Car ma tête doit désormais accepter une chose à laquelle elle ne peut consentir : je ne pénétrerai jamais Geneviève de ma verge d'enfant, malgré mon inclination, mon avidité à y parvenir.

Entre l'homme qui la désire et l'enfant qui bande, il y a pour moi un abîme, un gouffre de révolte. Cet enfant m'exaspère plus encore, en bas, qu'en haut les incongruités de Denise. Les seins, je peux les dissimuler, jour et nuit – d'ailleurs Geneviève ne les a plus jamais revus depuis que, au vestiaire du lycée, elle l'a remarquée en premier, la boursouflure, l'enflure si funeste –, mais le sexe nain, impossible de le dédaigner. Il est ma preuve, le gage de ma volonté passionnée d'être « côté ballon », comme nous disions, Geneviève et moi, à la communale. Il est notre pièce à conviction, notre Acte officiel, à tous les deux.

Même si ce n'est pas par lui que le plaisir lui vient, Geneviève, en son nom, m'exhorte à m'affirmer en homme publiquement. Elle voudrait bien, par exemple, que je me rase, que je cesse de décolorer les poils sombres qui poussent au-dessus de ma lèvre, que je sois Paul pour la terre entière, devant tous, la main qui la fait jouir fermée sur sa nuque.

Lorsque Geneviève parle de ma main, ce n'est pas seulement une image. À l'entendre, je suis un amant sans pareil, à peu près aussi étonnant qu'au piano. Geneviève affirme que ma verge d'enfant m'oblige à beaucoup d'imagination et de virtuosité. « J'ai parfois l'impression que tu as quatre mains ! » admire-t-elle.

Qui sait si, tout simplement et comme au piano, nous ne sommes pas deux, en effet, à caresser Geneviève ? Mais je chasse vite cette idée, que je trouve indécente, autant pour ma fiancée, ma marraine d'amour, que pour moi.

« Tu es davantage un homme que n'importe quel homme », dit encore Geneviève. Et quand, tout mélancolique, songeant à mon gâchis, mon imbroglio, je demande pourquoi, Virginie et Geneviève, indifféremment, répondent : « Parce que d'être Paul est ton combat, ta cause. Être un homme est ta passion. » Et me voilà consterné à la fois parce que c'est vrai, à la fois parce que je préférerais que cela ne soit pas. Je préférerais être un homme ordinaire, sans autre gloire que celle de ma virilité. Je préférerais enfourcher Geneviève ou Virginie avec mon sexe, ma bite, ma queue...

Ce seront donc des études de biologie.

D'aller à la faculté me remplit d'impatience et d'espoir. Pourtant je me suis inscrit encore avec le prénom de Denise. Pourtant la photographie jointe à mon dossier ne ressemble à rien et j'ai reculé d'horreur en la voyant.

Geneviève devrait comprendre qu'une étudiante en biologie, à la voix trop grave, ne peut pas se raser. Ce qu'elle me demande attise en même temps mon désir et mon impuissance à le satisfaire. M'affirmer publiquement comme un homme est au-dessus de mes forces, au-dessus de ma raison.

Avoir été admis par la plus réussie des femmes dans le camp des hommes, ne plus craindre sa fente et son immensité, pour l'avoir comblée à ma façon, ne m'a pas apaisé, au contraire. J'en arrive à penser que peut-être il aurait mieux valu pour moi que, à la maison du bord de mer, Geneviève, pleine d'effroi, me repousse. Si elle avait crié « Au monstre ! » je serais peut-être resté sagement à ma place de monstre, ma vraie place finalement, à sagement gémir, mes larmes à l'intérieur...

Au lieu de quoi, au-delà de ma résistance, je m'efforce de vivre et d'aimer, alarmé par la prolifération sauvage de germes qui ont poussé un peu

LA TÊTE EN BAS

partout en herbes folles dans tous les recoins de ma raison et m'obligent à m'élever si haut pour respirer que j'en ai le vertige, moi l'acrobate, le trapéziste.

Je me souviens, il y a longtemps, avoir promis. J'ai promis à mon père qu'un jour je le ferais, le saut de l'ange. Je ne doutais pas alors de mes ailes. Aujourd'hui, j'en doute, à cause des mauvaises pensées que, à l'époque, déjà, je pressentais dangereuses pour la voltige. Des mauvaises pensées, j'en ai autant que d'herbes folles dans les recoins de ma raison, des pensées à vous couper les ailes...

Mon père, qui a bien vu que quelque chose s'est passé avec Geneviève, est si réjoui – pour ne pas dire émoustillé – qu'il ne voit rien, rien de rien, et surtout pas mes angoisses de fiancé. Les histoires de saut d'ange et d'ailes coupées le feraient rire et il a probablement oublié ma promesse, d'autant que j'étais fille, encore, à l'époque du trapèze.

Ma mère, plus attentive à moi, plus clairvoyante, m'imagine en danger, j'en suis certain, et peut-être, de nouveau, prêt à mordre. Elle avait déjà peur, à la même époque, quand, depuis la fenêtre de la cuisine, elle surveillait mes exercices périlleux sur la barre la plus haute du portique.

Je la sens inquiète, comme si j'allais tomber de quelque part. Elle tend les mains vers moi, comme pour prévenir un trébuchement, une chute possible et inexplicable, une culbute.

LA TÊTE EN BAS

J'attends de la biologie qu'elle me retienne, aussi confiante et sûre que mon père quand il m'ordonnait de lâcher mes mains sur le grand trapèze et que dans le vide, la tête en bas, je montrais que je savais voler.

Il s'appelle Max. Je l'ai rencontré dans l'escalier. Ma chambre d'étudiant donne sur leur appartement. Je dis « leur », puisque Max est marié, mais je devrais dire « son » appartement, car, je l'ai senti aussitôt, Max, la belle quarantaine, ne pouvait pas vraiment être le mari de cette femme beaucoup plus âgée et, surtout, tellement moins féminine que lui, avec laquelle il partage le nom et le toit. Je n'oublierai jamais la rencontre, la manière dont nous nous sommes frôlés dans l'escalier étroit...

D'habitude, les hommes, je ne les vois pas. J'éprouve à leur égard un mélange d'envie pour leur normalité et d'aversion pour leur sexe. Seules les femmes me font me retourner. Sur Max, je me suis retourné pourtant, dans l'escalier, et lui sur moi. Je crois que nous avons l'un et l'autre compris, en même temps, que notre apparence était contre nous, que nous cachions chacun quelque chose.

Ce n'était pas nouveau cette attirance des hommes efféminés pour moi, mais pour la première fois j'en ai compris le sens profond, pour la première fois aussi j'en ai été ému, comme si j'étais devant un frère, un frère de la dissimulation.

Max aussi fait semblant d'être quelqu'un d'autre avec les autres, et lui aussi en souffre. L'étudiante en biologie, il a tout de suite frôlé sa bizarrerie, comme moi j'ai frôlé la sienne.

Il sait que d'être un homme est mon unique préoccupation. Je sais qu'être femme est son obsession.

C'est sur une femme que je me suis retourné dans l'escalier, et lui, sur un homme, même s'il est loin d'être une femme, même si je suis encore plus loin d'être un homme. Bien après, je me suis dit que l'amour c'était cela : satisfaire le rêve de l'autre en dépit de la réalité, malgré les apparences, tellement contre nous, souvent...

Je trouve admirable d'être désiré par une femme – particulièrement s'il s'agit de la plus réussie d'entre elles, de Geneviève –, mais qu'un homme désire l'homme qui est en moi ajoute quelque chose à ma certitude de ne pas m'être trompé sur moi-même. Max, quand il me désire, me confirme dans mon état d'homme mieux encore que Geneviève, à qui je n'ai rien dit.

D'ailleurs, que pourrais-je lui dire ? Une partie de la vérité ? Que Max aime bien que je vienne chez lui – avec l'absolution de sa femme puisque j'ai appris finalement qu'il a signé un mariage blanc –, que je suis son petit protégé ? Que Max me regarde dormir sur le lit du salon, sans m'approcher, sans rien connaître de mon secret. Ou bien toute la vérité ?...

Un soir Max m'approche, confesse son inclination, combien il se sent femme, combien je le fascine, moi, l'étudiant caché, le jeune frère déguisé, si évidemment contraire à lui, combien mon contraire l'attire.

Moi, tout en émoi, remué, penaud devant tant d'attirance, honteux de mon approximation, du désordre dont il a si peu idée.

Moment de l'aveu, longtemps différé, à un autre que Geneviève.

Comment dire ? Avec quels mots ? Ceux de la foire ? Ceux de la science ? Jamais vécu, ce moment-là, où il faut, en avouant, faire peur, peut-être, ou dégoûter, qui sait ? avec le monstre lâché en ville, sans prévenir.

Et Max, tranquille, Max pas plus impressionné que cela, écoutant le fautif honteux, penaud, comme si, des monstres, il en avait vu toute sa vie, et qui, avec naturel, prononce cette phrase, cette sentence définitive à laquelle je sens que je vais pouvoir m'accrocher, me retenir en cas de vertige, mieux qu'à la biologie, quand j'aurai la tête en bas : « Homme, femme, les deux à la fois, qu'importe ! Tu es un être ! »

La vérité toute est que deux êtres, ce soir-là, se sont aimés, chacun avec son sexe préféré, Max en femme, moi en homme.

Je n'ai pas eu trop de mes quatre mains de pianiste pour faire jouir Max qui se pâmait comme une jeune fille, comme Geneviève, sur le divan du salon. Quant à moi, jamais, je crois, je ne me suis senti plus viril, plus conquérant, jamais plus proche de ma normalité que dans cette posture, cette disposition foncièrement anormales où Max, pour son plaisir et pour le mien, nous a placés.

Avec Max, parce que lui aussi est singulier, il me semble que ma singularité me pèse moins. Elle me paraît moins accablante finalement qu'avec Geneviève.

Geneviève m'oblige à me surpasser. Le « faire comme si » de Geneviève me décourage. Trop haute est la barre avec Geneviève, qui veut d'un homme mais pas du reste, alors que le reste est toujours là : l'imbroglio. Max, lui, mon imbroglio ne le dérange pas. Pour lui c'est ma manière à moi d'être différent, comme lui aussi est différent, ni plus ni moins. Il est évident que Geneviève est trop normale.

La normalité des autres est fatigante quand on est différent, au point de ne plus vouloir faire d'efforts, au point de parfois rêver de ne plus vivre qu'avec ceux qui me ressembleraient, qui seraient, comme moi, condamnés à l'imbroglio du corps ou de la tête. Car ma tête devient sauvage. Il y pousse chaque jour davantage d'herbes folles et une bizarre envie d'être sens dessus dessous, d'être la tête en bas.

La logique du professeur de biologie est irréfutable. D'emblée je l'ai compris, et tous les autres, autour de moi, dans l'amphithéâtre, l'ont compris. Car, depuis le début du cours, ce matin, c'est de moi, de moi seul, que l'on parle. Il est également logique que, parmi tous les professeurs, ce soit au professeur de biologie que revienne la tâche de me dénoncer, de me montrer du doigt, moi, la curiosité de la nature, le phénomène.

Le professeur a usé pour cela d'une métaphore ornithologique qui ne trompe personne, où tout le monde a reconnu de qui et de quoi il est question. Son habile image d'oiseaux migrateurs est lumineuse, et la comparaison entre l'hirondelle et le martinet, on ne peut plus explicite.

L'amphithéâtre entier m'a reconnu.

Il va de soi que l'hirondelle et le martinet me désignent, moi, le deux-en-un, l'hybride. Astucieuse, l'allusion de Denise en hirondelle, rusée, celle de

Paul en martinet. L'amphithéâtre entier m'a reconnu et s'esclaffe. Je suis démasqué, moi et l'autre. Nous.

Fini de dissimuler, le travestissement est superflu. L'artifice ne pouvait pas durer. L'artifice n'a que trop duré.

Merci, monsieur le professeur de biologie. Merci d'avoir trouvé le coupable, le monstre caché. De toute façon, je déteste les oiseaux, leur vol dédaigneux.

Des rires fusent dans les travées, des gloussements moqueurs.

Le professeur me fixe, au septième rang, côté fenêtre, droit, droit dans les yeux.

Un grand silence où même les mouches ne voleraient pas : on attend que je m'explique. Le professeur fixe une étudiante, une certaine Denise, toujours à la même place depuis la rentrée. Trop grave, sa voix. Trop fourni, le duvet sur sa lèvre. Je veux dire quelque chose. Denise, l'étudiante, une bonne étudiante, bien notée par tous ses professeurs, voudrait dire quelque chose. Silence. On l'écoute.

Je voudrais... Je voudrais dire...

La voix qui vient de sortir n'est pas ma voix ! Elle est à qui alors ? Ce n'est pas ma voix. C'est tout. Ma voix est grave, c'est un fait, je n'en disconviens pas, mais pas à ce point, non. Cette voix vient de la cave. C'est une voix de cave : ce n'est pas la mienne. Je suis formel !

LA TÊTE EN BAS

Brouhaha. Rumeurs agressives, devant, derrière, côté fenêtre, côté mur.

Pardon ! Excusez-moi ! Il faut que je sorte ! Pardon ! Je dois sortir ! Merci !

Montée interminable au milieu des travées sous les regards railleurs, mauvais comme des projectiles. Enfin je suis dehors. La porte à battants se referme sur le professeur qui a repris son cours, sans hirondelle, sans martinet bien sûr puisque je suis sorti, puisque nous sommes sortis, nous, Denise et Paul ensemble.

La rue me fait peur. Mais non : c'est moi qui me fais peur. Plus exactement, me fait peur ce qui pousse à l'intérieur de moi, avec cette voix de migrant, qui n'est pas la mienne, je suis formel. Qui est-il ? C'est un homme ? C'est un homme. Immense. Un étranger. Jamais vu, jamais entendu. Connais pas. Je suis formel. Que veut-il ? Il veut sa place, la place prévue pour lui. Se fraie un chemin parmi mes herbes folles. C'est là qu'il habite.

Les gens vont le voir ? Les gens vont le voir, forcément : il est immense. D'ailleurs, ils se retournent sur lui. Gloussements. T'as vu sa gueule ? As-tu vu sa gueule ?

C'est vrai, ma gueule ne ressemble à rien. J'ai reculé d'horreur en la découvrant dans mon dossier d'étudiante en biologie. L'artifice ne pouvait pas durer. L'artifice n'a que trop duré. Les gens le voient ? Les gens le voient...

LA TÊTE EN BAS

Qu'est-ce qu'il y a ? Que se passe-t-il encore ?
Rien. Rien... Mais si, voyons ! Il se passe quelque chose !
Tu veux vraiment savoir ? Oui. Oui. Eh bien, ton sexe grandit... Tu crois ? Oui, il grandit à vue d'œil !... C'est vrai, je le sens, je sens qu'il a grandi.
Les gens vont le voir ? Les gens vont le voir, forcément : il est immense. D'ailleurs ils se retournent. Regards railleurs, mauvais. Des projectiles.
Je rabats sur moi mon imperméable. J'accélère le pas, la tête baissée pour ne pas croiser les regards. Le Centre Richelieu n'est pas loin. Direction les toilettes. Vite. Halte devant la double porte. L'une marquée « Hommes », l'autre marquée « Femmes ». Ça recommence. L'hirondelle me dégoûte, le martinet m'effraie. Je reste dans le couloir, et là, entre les deux portes, ouvre mon pantalon. Non, rien. Rien n'a poussé. Je suis formel. Le sexe nain, au contraire, semble recroquevillé, plus que jamais. On dirait une limace. Rassuré je suis, mais déçu aussi.
La rue de nouveau. Imperméable fermé, boutonné, de haut en bas, par précaution, vague espoir aussi. Je crains ce que je désire. Je crains tant ce que je désire.
L'étranger, le migrant, a repris sa marche dans mes herbes folles. Il est devenu tellement immense que je dois me réduire. À mon tour je me recroqueville, je rogne sur moi-même, pour lui laisser la

LA TÊTE EN BAS

place, sa place, puisqu'il m'habite, a élu domicile à l'intérieur de moi. Il ne me reste que peu d'espace, même plus de quoi cohabiter, séjourner ensemble. Ce n'est pas quelqu'un qui partage. Tout l'espace, il le veut pour lui, pour son immensité d'homme sexué, bien visible, reconnu publiquement. Plus de place pour le martinet, encore moins pour l'hirondelle. Ils n'ont que trop duré, l'artifice aussi.

Toutes les herbes folles sont couchées, écrasées par le poids du nouveau locataire. Je ne peux plus respirer. Je suffoque. Je lève vers le ciel ma tête suppliante. Il me faut m'élever si je veux vivre encore. Me réfugier dans les hauteurs de moi-même, au plus haut possible de moi.

Je m'escalade en m'écorchant les mains.

Heureusement, je suis en bois dur. Je ne suis pas molle comme les autres filles, les filles où l'on s'enfonce.

Je m'élève. Je respire. Je monte vers les nuages. Je croise des volutes, des tourbillons blancs et vaporeux. Je les reconnais : ce sont les ronds de fumée du cigarillo que mon père dessine dans le ciel.

D'une poussée de mes jambes effilées d'acrobate je les traverse, sans effort. Je suis très haut, tout en haut de moi-même, chevalier glorieux, invincible. En bas ma mère est toute petite. L'étranger aussi est tout petit, malgré son immensité. Ne plus jamais redescendre. Je n'ai pas le vertige. Denise ! Descends, mon ange, tu vas tomber ! Non je ne vais pas tomber. Les anges ne tombent pas. Les anges volent. Ma mère, toute petite, les mains tendues vers moi, me regarde de ses yeux silencieux, derrière la fenêtre de la cuisine.

Je suis parvenu au point le plus élevé de moi, jusqu'au grand trapèze du portique. L'air est plus froid. Serre bien la barre! Lâche tes mains à présent! Je renverse le corps. Dans le vide. La tête en bas. Je lâche les mains. Denise! Tu vas tomber! Main de mon père sur ma cuisse. Je n'ai pas le vertige. Tu as vu mes ailes, hein, tu les as vues? Oui. Oui. Je les ai vues! Je le ferai... le saut de l'ange! Mon père ne répond pas. Pourquoi ne répond-il pas? Ma mère n'est plus à la fenêtre de la cuisine. Le carreau est vide sans son visage dedans.

L'homme qui a pris ta place. C'est lui qui va l'enfourcher, Geneviève, avec son sexe, sa bite, sa queue, immense! Je suis formel.

On peut tomber si une mauvaise pensée vient vous couper les ailes?

Oui, on peut tomber.

Tomber de très haut, de toute sa hauteur, dans les herbes folles couchées, écrasées, au fin fond d'un jardin fou.

« Vous avez quelque chose à me dire ?
– Oui, docteur. Quelque chose d'important pour moi.
– Je vous écoute.
– Je voudrais que vous procédiez à l'ablation de mes seins. »
Pas de réponse.
Ne répond jamais, le docteur. Trois ans sans réponse.
J'ai compté. Je sais compter. Je suis formel.
Ne veut pas que j'aille bien, le docteur.
Peur. Il a peur.
Terrible. Terrible à voir, la peur d'un docteur. Contre elle, on ne peut rien.
Nous sommes inquiets pour lui, mes locataires et moi. On voudrait bien qu'il ait moins peur.
Peur de quoi, d'ailleurs ? On se le demande. Il a peur que je sois plus malade ? Oui, sans doute.

Que tu sois plus fou. Mais quelle différence puisque je le suis déjà. On ne peut pas tomber plus bas quand on est tombé au fin fond, n'est-ce pas ? C'est vrai, tu as raison. Je lui dirai. Tu lui diras, hein ? C'est important pour moi, l'ablation. Sans les seins...

Mon couteau, c'est toi qui l'as ? Je le retrouve plus, mon couteau suisse. J'en aurais besoin, tu comprends ? Sans les seins, j'irais bien. Tu lui diras, hein ? Oui, je lui dirai.

Mes parents, mon père surtout, sont de mon avis. Mes locataires aussi sont de mon avis. Nous sommes formels.

Mais c'est inutile, le docteur ne cédera pas. Il a trop peur.

Je sors. Le jardin de la Maison, beau, beau : pelouses à l'avant, verger sauvage à l'arrière.

Je préfère l'arrière. Herbes folles à l'arrière.

C'est un cerisier ? Non, c'est mon pommier.

Tu vois bien : je lui pisse dessus chaque fois. Et tu penses à ton père ? Oui, je pense à mon père. Et à Geneviève, tu y penses ? Qui est Geneviève ?

Qu'est-ce que tu fais là ? Rien, je m'allonge dans les herbes. Il pleut. Avec les herbes on peut parler. Elles me comprennent, les herbes, me répondent. N'ont pas peur, elles, de me répondre.

Nous hurlons, hurlons ensemble dans le verger mouillé.

Les limaces escaladent ma bouche, là d'où viennent mes cris. Les limaces aussi me comprennent. Elles boivent mes mots sur mes lèvres, à l'embouchure.

Après la pluie, j'écoute pousser mes poils.

Je suis un ange. Je n'ai pas d'âge et je suis un ange.

Bien sûr, personne ne le dit, ni ma mère, ni mon père, ni mes locataires, ni le médecin qui pourtant sursaute chaque fois que j'entre dans son bureau comme si j'arrivais droit du ciel, mais moi je le dis au miroir de la salle de bains, qui seul parle vrai, seul me connaît nu.

Sous la lumière crue du néon, je vois bien que tout va avec tout, le haut avec le bas, le bas avec le haut. Je vois bien que je suis un ange. Ma beauté dérange. Fait mal aux yeux, ma beauté.

Je n'ai aucun souvenir de la manière dont je suis tombé, la tête en bas, mais j'ai toujours en mémoire la visite de mon chevalier. Cette histoire intéresse le docteur. Je lui ai raconté comment le chevalier est venu me voir sur mon lit de fille. Le doigt sur ma fente. Chut. Les bruissements d'ailes mystérieux. Chut. Et le cadeau ? Tu lui en as parlé du cadeau ? Quel cadeau ?

Le docteur m'interroge :

« Et vous ne l'avez pas vu, c'est cela ?

– Non, je ne l'ai pas vu. J'avais les yeux fermés. Mais je le reconnaîtrais, j'en suis sûr, je suis formel ! »

En dehors des moments où je me fâche contre quelque chose que j'ignore, et où je deviens violent, paraît-il, le couteau à la main, je suis ange. Je vois tout d'en haut. Le haut est la bonne distance jusqu'à moi. Le haut est à bonne distance des autres. Mes locataires n'arrivent pas à me suivre jusqu'à ces sommets. Je vis libre au-dessus des choses et du monde. Je croise des martinets, jamais des hirondelles. Seuls les martinets montent aussi haut. Les martinets sont comme moi : eux aussi se méfient du sol. Eux non plus n'ont pas le droit d'atterrir. Tu n'as pas le vertige ? Non.

Alors, si tu es un ange, tu n'as plus de sexe ?... Pourquoi ne réponds-tu pas ? Tu n'as plus de sexe, n'est-ce pas ? Réponds donc ! Bon, ne réponds pas, personne t'oblige !

Il est revenu. Je le reconnais. Il est exactement comme je l'avais imaginé. Je n'étais pas préparé à sa venue, mais c'est toujours ainsi que les visiteurs viennent : au moment où l'on s'y attend le moins, sans jamais s'annoncer.

Je ne m'attendais pas à ce qu'il entre dans ma chambre. Mes locataires dorment. Je suis seul éveillé.

La chambre n'est pas très éclairée. Seule la veilleuse est allumée au-dessus de ma porte, mais suffisamment pour que je le voie arriver.

Le bruissement de ses ailes ne ressemble à aucun autre. Maintenant je sais pourquoi : ses ailes sont recouvertes de fines lamelles de métal d'or.

Il vient du ciel. Des lambeaux de nuages blancs et vaporeux, comme des ronds de fumée, brillent sur ses épaules. Il a dû croiser mon père.

Mon chevalier aussi est un ange. L'ange de la vengeance. Sa lance pleine d'éclairs brandie au-dessus de ma tête. Mais je n'ai pas peur. C'est moi qu'il vient venger. C'est pour moi qu'il a revêtu son armure de soldat. Il est beau avec ses cheveux presque transparents, sous son casque de colère.

Il veut que je le regarde, les yeux grands ouverts. Sa rage est son cadeau. Elle m'est destinée. C'est important pour moi, l'ablation des seins. Sans les seins, j'irais bien. Mon père et ma mère aussi le pensent. Ils les ont vus grandir, avec moi et mon tourment, sans pouvoir rien faire, ni des seins ni du tourment.

L'ange de la vengeance vient me secourir, avec sa lance, pour la deuxième fois. La lance est son cadeau, pour la deuxième fois. La lance va frapper. Chut ! La lance va frapper...

C'est toi qui as fait cela ? Mais je n'en sais rien. Rien du tout. Je n'ai rien contre le chat, le chat de la Maison. J'ai joué avec lui, c'est tout, dans le verger sauvage. Ce n'est pas bien de martyriser un chat ! Chut !

Isabelle ressemble à Ophélie. Tu ne trouves pas qu'elle ressemble plutôt à Geneviève, avec le long rideau de ses cheveux blonds ? Oui, c'est à Geneviève qu'elle ressemble, mais Geneviève est normale, trop normale. Alors tu t'en souviens ? Bien sûr... Je m'en souviens très bien.

On m'a donné de la mousseline, une mousseline blanche pour fabriquer une robe. Je n'ai jamais cousu de robe. Cela m'a pris plusieurs jours. Je l'ai faite pour ma princesse absente. La robe ressemble à celle que j'ai vue dans *L'Année dernière à Marienbad*. J'ai aimé ce film plein de locataires.

Je suis un prince, sans sa princesse. Un prince avec princesse ne serait plus un prince. Et je suis beau, toujours. Ma beauté dérange. Fait mal aux yeux, ma beauté.

Isabelle et moi, nous aimons nous croiser dans le couloir qui mène aux chambres. Le masculin et le féminin, ce n'est pas très clair pour elle non plus.

C'est peut-être pour cette raison que nous nous regardons souvent.

Isabelle a vu la robe de mousseline. Elle la veut. J'hésite. Normalement, la robe n'est prévue pour personne. Isabelle pleure. Elle pleure comme une femme avec des larmes qui coulent. J'offre la robe à Isabelle.

Isabelle se déshabille en cachette, dans ma chambre, et enfile la robe de mousseline transparente sur son corps nu que l'on devine au travers. Je dénoue ses longs cheveux. Isabelle dans ma robe de mousseline blanche ressemble plus encore à Ophélie.

J'explique à Ophélie ce qu'elle doit dire et faire, précisément.

Isabelle est une excellente actrice. Elle s'éloigne de moi, très lentement, comme dans le film, et, sans se retourner, elle chuchote la phrase qu'elle a apprise par cœur : « Ma fente de fille palpite comme un voile de mousseline dans la brise de mer. »

Plusieurs fois nous jouons cette scène de l'adieu, l'adieu aux femmes, la scène du prince délaissé, jusqu'à ce que je gémisse du fond de ma gorge, mes larmes à l'intérieur.

Dans la Maison, côté pelouse, j'ai découvert un salon avec un piano, presque toujours désert. Personne ici ne joue vraiment du piano. Je me rends souvent au salon avec un livre que je n'ouvre pas. Je ne peux lire qu'à la bibliothèque, quand je ne suis pas trop fatigué. La fatigue est devenue ma seule vraie souffrance.

Au salon, j'ai choisi le fauteuil tout au fond de la pièce, d'où je peux surveiller le piano noir. C'est le fauteuil de ma mère. C'est de là que nous suivons la leçon de piano, tous les deux.

Alors, tu joues ? Non, je ne joue pas, je me regarde jouer seulement. Il faut que je surveille. Si je ne suis pas suffisamment attentif, je finis déguisé avec une robe bouffante, bien ordonnée de chaque côté du tabouret. Le tralala.

Je reste longtemps à me fixer, sur le tabouret devant le piano fermé. Tout piano doit être fermé, je suis formel.

LA TÊTE EN BAS

Tu ne joueras plus jamais, alors ? Laisse-nous : tu vas encore faire pleurer ma mère !

À la bibliothèque, je suis plus tranquille. J'y passe des journées, un livre ouvert sur mes genoux. La poésie a ma préférence, mais pas n'importe laquelle. Je ne comprends que celle que je ne comprends pas : les fulgurances, les jets de lumière ou de feu. J'apprends des phrases dont le sens me résiste, où je peux mordre, enfoncer mes ongles. J'aime la violence dans les mots, j'aime moins la mienne les années passant. Le docteur est content. Le docteur pense que la bibliothèque m'est salutaire. Il m'en a confié la clef.

On vient me consulter pour le choix d'un livre, comme si les livres m'appartenaient personnellement. Je vais et je viens, la clef des livres dans ma poche à la place du couteau suisse qu'on a rendu il y a très longtemps à mon père à cause du chat de la Maison, et d'autres choses encore dont je n'ai pas envie de parler.

Dans la poche de mon pantalon, j'ai l'impression de garder la clef du savoir, alors que je ne sais rien. Je ne sais pas qui je suis. Je ne sais même pas si j'ai envie de le savoir. Je suis fatigué. C'est fatigant d'être fatigué.

Je n'ai plus de couteau à la main : je n'ai plus de main. Je ne crie plus : je n'ai plus de voix. Je ne mords plus : je n'ai plus de dents. Je ne pleure plus : je n'ai plus de gorge où gémir, mes larmes à l'intérieur. Je n'ai plus de corps. Ni ange, ni prince, plus de corps. Je suis pensée. Pure pensée. Plus de corps, plus d'obstacle. Rien qui encombre, rien qui s'interpose. Je suis sorti de l'embarras du corps. Pensée libre. Étonnement de ne pas éprouver, de ne souffrir de rien. J'en veux, de cette abstraction qui fait que je ne ressens plus. Mon corps, s'il existe, ne m'est plus accessible, comme si, à force de chercher les cimes, l'en-haut l'avait avalé, aspiré.

Depuis que la matière m'a fui, tout est simple. La souffrance m'a quitté en même temps que mon corps. La souffrance était donc là, dans mon corps Si c'est cela la folie, j'en veux bien, de la folie, y rester aussi, rester toute la vie à ne ressentir rien, pas même la fatigue de l'irréalité ! La faire durer, au contraire.

Ne rien voir dans le miroir de la salle de bains que le mur d'en face, blanc comme ma mémoire de moi.

Devenir mur blanc d'une maison quatre murs, sans porte et sans fenêtres pour sortir ou entrer.

Entre quatre murs se claquemurer et refermer le tombeau.

Ne laisser libre sur la dalle que la folle flamme de la pensée.

Le docteur est content de moi car je suis en paix. Le docteur est content du fantôme paisible entre ses quatre murs blancs comme mon souvenir de moi. Quelqu'un veut-il poser une question ? Non ? Tant mieux, je n'entendrais pas : je n'ai plus d'oreilles. Enfin, je suis fou.

Après tellement de temps – dit-on – passé à la Maison, tantôt côté pelouse, tantôt côté verger sauvage, tout le monde semble en accord avec tout le monde : moi avec mes locataires, le docteur avec moi, moi avec mes parents, mes parents avec le docteur, le docteur avec lui-même.

On envisage, paraît-il, des sorties de jour, quelques heures pour commencer. Isabelle n'a pas la permission de sortir. On n'arrive plus à lui retirer la robe de mousseline. Elle dit que c'est sa peau qu'on lui arrache et crie de douleur, comme si on l'écorchait, lorsqu'on la lui enlève, le temps de les laver, sa robe et elle.

Je sais ce qu'éprouve Isabelle avec sa peau. Il m'arrive encore de me décoller de la mienne. J'ai rêvé dernièrement que j'étais au cinéma avec une étudiante en biologie qui me plaisait et à qui je plaisais. Nous avions sacrifié le cours de philosophie des sciences pour nous retrouver dans le noir, tant le désir était pressé, de part et d'autre. C'est au moment de glisser ma main dans sa fente que j'ai senti ma peau se décoller, mais cette fois si soudainement que je n'ai pas eu le temps de me voir partir. Je me suis détaché de moi-même avec ma main dans le vide, un vide sans fond. Ma camarade, à mes côtés, sa jupe relevée, s'est tournée vers moi, surprise. Elle ne comprenait pas que je n'étais plus là. Elle ne comprenait pas que, entre elle et moi, plus rien de réel ne subsistait que l'irréalité.

Après l'épisode du cinéma, je n'ai pas pu dormir pendant dix jours et dix nuits. Ma mère et mon père se relayaient, en larmes, devant leur fils hébété, méconnaissable, qui fondait, sous leurs yeux, comme sucre dans l'eau, comme happé, de l'intérieur, par une force invisible, incompréhensible.

Un cauchemar, ce rêve. Un cauchemar de plus.

Quand j'ai raconté ce rêve au docteur, il a réagi avec étonnement : « Mais vous l'avez vécue, cette histoire de cinéma ! L'absence de sommeil aussi, vous l'avez vécue. C'était même votre seul souvenir au début de votre séjour ici !... »

J'ai été très troublé par ce que m'a dit le docteur. Quand je vais retrouver le monde, il y aura donc des choses de moi, comme celle-là, dont je ne saurai même pas si je les ai vécues ou non...

Tu veux que je t'aide ? Pardon ? Est-ce que tu veux que je t'aide ? Non, merci bien, surtout pas toi !

Je ne les ai pas comptés. Il y en a eu sans doute beaucoup, les uns derrière les autres, les uns par-dessus les autres. Beaucoup de gazon tondu à l'avant. Beaucoup de nouveaux pommiers sauvages à l'arrière. Beaucoup de nouveaux docteurs dans le bureau du docteur. Beaucoup de nouveaux martinets dans les cimes, enfants, petits-enfants martinets. Beaucoup de livres ouverts sur beaucoup de genoux à la bibliothèque. Beaucoup de murs blancs dans le miroir de la salle de bains. Beaucoup de mains, de gorges, de dents, d'oreilles absentes. Beaucoup d'absence.

Je n'ai pas compté. D'autres peut-être ont compté à ma place, ceux qui ont des doigts. Ceux dont la mémoire n'est pas un mur blanc comme ma mémoire à moi. Quelque chose me dit que mon père et ma mère ont compté le temps, le temps de mon absence au monde, comme si je n'étais pas encore né, comme si j'étais encore leur enfant à naître. Mes parents m'attendent peut-être. Ils attendent ma sortie. La sortie de moi-même. Patiemment ils attendent peut-être que je me mette en position, la bonne position, pour leur revenir : la tête en bas.

« Tu te sens bien, Paul ? »

Mon père, devant la porte de la pièce qu'il a aménagée pour moi, pour m'accueillir, quand je ne suis pas à la Maison.

Difficile d'expliquer à ce père que, oui, je me sens bien, justement parce que je ne me sens pas tout à fait. Que si je me sentais plus je me sentirais très mal.

« Tu vas sortir ? As-tu ton portefeuille ?
— Oui, je sors. Ne t'inquiète pas. Juste un petit tour. J'ai mon portefeuille. »

Il a raison, mon père, de s'alarmer de mes « petits tours » de nuit. Je suis le seul à ne pas avoir peur pour moi.

Dans la rue, je vérifie pour le portefeuille. Dans le portefeuille, sur une feuille à en-tête agrafée à ma carte d'identité – où Denise figure toujours –, le docteur a inscrit ces mots qui me laissent assez perplexe : « syndrome de virilisation », au cas où, sur la voie publique, il étonnerait, cet homme bizarre. Va pour le syndrome !...

J'aime marcher la nuit jusqu'à Pigalle. J'y rencontre d'autres syndromes qui me rassurent un peu sur le mien, à l'entrée des boîtes de nuit, puis je rentre chez mon père, qui vit seul, ou bien à la Maison, où j'ai toujours ma chambre.

« Mais toi, t'es quoi ? »

Je sursaute. Je ne les ai pas vus venir. Ils sont quatre : visiblement, des proxénètes, celui qui me parle plus encore que les autres. C'est le chef.

Et je m'entends répondre cette phrase qui me surprend moi-même :

« Je suis en réalité une fille, mais je ne suis pas une fille puisque je suis un garçon. »

C'est la première fois, à trente ans, que je révèle dans la plus grande simplicité, comme une anecdote, à des inconnus, et qui plus est fort louches, le secret de mon existence.

Ma sincérité doit se voir. Les quatre hommes, contre toute attente, me prennent en sympathie et m'emmènent boire un verre dans un bistrot de la gare Saint-Lazare ouvert toute la nuit, et je raconte... Je me raconte, en entier, de bas en haut, jusqu'aux cimes de ma folie, de haut en bas, jusqu'à l'abîme du tourment.

L'un des proxénètes, en apparence le plus veule, le plus endurci, pleure comme une fille, ses larmes à l'extérieur.

On se quitte au matin, en amis. On me remercie d'exister :

« C'est formidable d'avoir connu quelqu'un comme toi ! » me dit le chef en me serrant dans ses bras.

Et je reste là, éberlué, au fond du bistrot désert de la gare Saint-Lazare, à me demander si j'ai bien compris, si mes sens incertains ne m'auraient pas, encore, fait défaut, car jamais on ne m'a remercié d'exister.

Ainsi donc, moi aussi, dérangé, de corps et d'esprit, je serais utile à la marche du monde, je pourrais donc servir, par mon désordre, à l'ordre des choses ? Moi qui éprouve si peu, il me semble être ému, de la même émotion que mes compagnons de la marge, un trouble que j'ai du mal à reconnaître pour en avoir tant d'années perdu l'habitude et l'usage...

Pour la deuxième fois de la nuit, je sursaute, j'arrive, de très loin, jusqu'au réel : un jeune homme est à ma table, une guitare à la main. Depuis combien de temps, je l'ignore. Les serveurs, près de nous, se poussent du coude. Sans doute se demandent-ils si j'en suis un ou une. Ils seraient bien étonnés de savoir que je suis les deux ! Ce doit être les remerciements qui font que j'ai le cœur à rire, le cœur à l'insouciance, une insouciance elle aussi difficile à reconnaître, pour les mêmes raisons que l'émotion.

LA TÊTE EN BAS

Le plus incroyable est que je recommence. Avec le jeune homme, je recommence à me raconter, de haut en bas et de bas en haut. À croire que j'y prends goût, que mon propre récit m'intéresse, que mon aventure, ainsi exhibée, m'ébahit, moi, autant qu'elle ébahit le jeune guitariste.

Tout va très vite, trop vite. L'excès me dépasse, m'emporte, et avec lui toutes mes inhibitions. Le jeune homme veut voir. Je dis oui.

Nous voilà tous les deux marchant vers les toilettes sous le regard goguenard des serveurs qui croient avoir tout compris mais ne comprennent rien.

Pourraient-ils imaginer ce qui se passe maintenant? Moi, baissant mon pantalon, et lui, le jeune homme, à genoux, qui demande s'il peut toucher. Moi disant oui et le jeune homme qui tâte, de ses doigts de musicien, sensibles à l'harmonie, toute ma dysharmonie, toutes mes discordances : le sexe nain, les testicules manquants, puis l'accroc, la déchirure de fille, gentiment, poliment, tout cela en s'excusant presque, sans la moindre ambiguïté, sans la moindre perversité, pour comprendre, seulement, quel être étrange je suis, apprendre de quoi la nature est capable quand elle perd le nord, lui qui vient du Sud et joue du flamenco.

« Alors, on peut pas rentrer ? interroge-t-il sobrement, le doigt posé où Denise sommeille, la fente minuscule.

– Essaie, tu verras ! »

Et le doigt de musicien, à qui aucune corde ne résiste, qui bute sur ma bouche de fille. Personne, en dehors de mon visiteur, n'est jamais allé là.

Le jeune homme se relève. Il est très pâle.

« Je n'ai jamais vu un être comme cela ! » dit-il en levant, sur moi qui me rhabille, des yeux incrédules.

Je ne dirais pas que je suis fier, non, mais d'avoir, à deux reprises dans la nuit, subjugué des inconnus, à l'endroit même de mon indignité, me subjugue à mon tour.

Je lui souris : moi non plus, un être comme cela, je n'en ai jamais vu en dehors de moi... Pourquoi ai-je l'impression fugitive, jamais éprouvée jusque-là, d'être cette nuit, davantage qu'un monstre, plutôt un objet rare, pas comme on le dit d'un oiseau – je ne veux plus voler –, mais d'un objet précieux, un joyau ?

D'autres serveurs arrivent qui nous apportent du café, du café pour gens normaux, les travailleurs du petit matin. Nous avons du mal à nous quitter, le musicien et moi.

« Tu veux venir jouer pour mes amis, à la Maison ? »

Il veut bien, oui, sans savoir qui sont mes amis, ni quelle est cette Maison de lointaine banlieue, vers laquelle nous emmène le premier train de l'aube...

Dans la Maison endormie, quelques fous en pyjama écoutent du flamenco.

Mon père a fini par me le dire : ma mère est malade. Elle se meurt, quelque part, chez une cousine. Je veux la voir. Mon père hésite. Pour elle ? Pour moi ? Il hésite. Je veux vraiment la voir. Il n'hésite plus.

Entre la cousine et moi, le choix est vite fait : c'est moi qui prendrai soin de ma mère.

Je m'assois au bord du lit. D'être assis au bord de son lit me rappelle toutes les fois où elle s'est assise au bord du mien.

Un lit d'agonie ne ressemble à aucun autre. C'est un petit muret avec vue plongeante sur la mort. Un paysage à part. Je n'en ai pas peur : la vue plongeante sur la folie n'est pas si différente. Nous nous regardons, ma mère et moi : la vie défile. Elle parcourt en moi mes êtres successifs, je parcours en elle la mère unique qu'elle a été. C'est plus facile pour moi.

« Comment vas-tu, mon fils ?

– Je vais... je viens...
– Moi, je m'en vais, tu sais ?
– Oui. Je suis venu pour cela. »
Et c'est vrai. C'est vrai que je me sens le mieux placé, moi qui ai occupé son ventre de femme, pour en suivre le mal.

Dans le ventre malade de ma mère, quelqu'un qui veut sa mort a pris ma place. Quelqu'un qui veut ma place cherche à m'expulser.

Je m'affaire. Je me bats contre l'intrus. Nuit et jour je le poursuis, avec d'autant plus d'ardeur que je nous sais vaincus ma mère et moi. J'ai appris à lutter contre l'invisible ennemi, appris aussi à ne pas gagner contre lui. Je traque la souffrance aux quatre coins de ce ventre à qui je dois mon imperfection. Je veux être pour ma mère qui s'en va le plus parfait des fils et je le suis, enfin.

Ma mère semble étonnée de mon empressement. Un matin elle retient d'une main faible la mienne qui coiffe ses cheveux :

« Jamais je n'aurais pensé, me dit-elle avec tendresse, que tu serais aussi proche de moi. Je pensais que tu n'aimais que ton père. »

Je ne réponds pas puisqu'elle a raison.

Plus ma mère s'éloigne, plus nous nous rapprochons l'un de l'autre. Elle sait qu'elle n'est plus tout à fait vivante comme je ne suis pas tout à fait guéri. Parfois je la vois descendre de l'autre côté du petit muret, parfois c'est elle qui me voit monter vers les hauteurs de moi-même, elle à frôler la mort, moi la folie. Le mal dont je souffre, elle l'a porté en elle. Il lui est familier. Familière aussi me devient sa mort.

Jamais dans nos moments de répit nous ne parlons de ma singularité. C'est son fils, son fils de toujours, qui est à ses côtés, près d'elle, et, à certains moments, mieux encore : son propre père. Ma mère dit que je lui rappelle le père qu'elle n'a pas connu. J'accepte d'être deux hommes à la fois, moi qui ne suis que la moitié d'un seul.

Un fils et un père ne seront pas de trop pour l'aider à mourir, ma mère. Surtout, qu'elle ne s'égratigne pas aux bords coupants du petit muret qui surplombe sa mort, qu'elle plonge sans souffrir, son enfant fils assis à ses côtés, qui la retient encore.

Un matin, je comprends que c'est la fin, je devine qu'elle va sauter, car elle me revoit fille, petite fille.

« Descends du mur, tu vas tomber ! »

Et je me glisse contre elle, sous le drap mouillé de sa dernière angoisse de mère.

Au moment de sauter le muret, c'est Denise qui lui revient, pour Denise qu'elle craint, sa petite à elle, à elle seule.

Moi, son fils, son père tout à la fois, moi doublement homme, je me prête à son ultime désir de redevenir Denise. Je lui en fais cadeau pour qu'elle ne parte pas le ventre vide, sans la petite qu'elle a portée, puis perdue quand Paul est arrivé, cette petite qui n'est pas mon ennemie, celle au front trop grand, rongée par le poison du tourment. Avec la petite Denise j'ai été réconcilié. J'ai même joué, il y a longtemps, avec elle, je ne sais plus à quoi ou de quoi, avant ma chute dans les herbes folles.

Je suis ta petite fille, ma mère. Tu peux me serrer contre toi, à l'abri de la violence des hommes. Serrons-nous fort la main. Nous le ferons encore, oui, le tour du village avec le pantalon de golf, la chemisette, le bonnet de la même couleur, avec les deux oreilles qui recouvrent exactement les miennes, et à tous ceux qui me prendront pour un garçon tu pourras le dire, je te le promets, tu pourras le dire : « Ce n'est pas un garçon, c'est une petite fille ! » Et nous poufferons, je te le promets, oui, nous poufferons de rire.

Je ne connais même pas le nom de la séduisante personne qui m'a amené dans cet appartement d'artistes. Là, tout s'échange : les propos, les plaisirs et les lits. Là souffle un vent de liberté qui m'est devenu vital, car ma propre liberté m'est comptée et la légèreté interdite à ma tête, à mon corps, car la sensation de mes limites, de mon inachèvement m'épuise, et il m'arrive de me laisser glisser dans la déraison comme on se glisse dans des draps.

Autrefois ma démence me fatiguait, aujourd'hui mes absences, au contraire, me reposent. Je vais à la folie comme on va au lit, pour reprendre des forces, me refaire une santé.

La séduisante personne a dû me rencontrer pendant que je dormais debout, entre mes deux draps de déraison.

J'ignore ce que je lui ai raconté, ce qu'elle connaît de mon histoire, avec laquelle je continue de faire mon petit effet, mais uniquement auprès d'inconnus que je ne revois jamais. Elle m'a parlé d'une certaine Flore, à qui elle veut me présenter à tout prix.

La séduisante personne me conduit à travers un dédale de pièces à demi éclairées où des gens boivent et fument en écoutant de la musique. Les yeux s'attardent sur moi tandis que nous nous faufilons parmi les corps vautrés sur des coussins. Je suis une tête nouvelle. Je suis une drôle de tête.

La séduisante personne me guide d'une manière si sûre, si impérative au milieu de ce labyrinthe que j'ai l'impression curieuse de marcher vers mon destin, comme si, au bout du voyage, quelque chose ou quelqu'un m'attendait, moi, et personne d'autre.

Je sais déjà que, avant et après ce quelque chose ou ce quelqu'un, les choses seront différentes. La mère de ma mère, que je n'ai pas revue – elle n'est même pas venue enterrer sa fille –, aurait parlé sans doute de « pressentiment »...

Le pressentiment est si fort que je me détache de moi-même : je me vois marcher de plus en plus vite vers ce qui m'attend. À l'extrémité de la pièce, la dernière évidemment, quelqu'un s'est levé qui vient à ma rencontre. Ce quelqu'un est mon destin.

« Flore, voici Paul dont je t'ai parlé, tu sais... »

Des yeux noirs, pénétrants. Je ne vois qu'eux. Savent-ils, ces yeux noirs ? Oui, ils savent. Ils te transpercent ? Oui, ils me transpercent, de haut en bas, de bas en haut. Que voient-ils ? Tout. C'est-à-dire ? Tout. L'imbroglio ? L'imbroglio. La folie ? La folie, tout...

« Vous vous sentez mieux, Paul ? »

Les yeux ont aussi une bouche, puis une main qui se pose sur ma main.

« Non... Oui... Je me sens bien justement parce que je ne me sens pas tout à fait. Si je me sentais plus, je me sentirais très mal. »

À elle, je peux tout dire.

Je suis allongé sous un drap frais, un drap de chambre à coucher de femme. Je suis nu. Elle a vu.

Flore la Passion dit qu'elle m'aime en entier, folie comprise. Elle dit que mon tout et ses désordres la captivent et l'envoûtent. Elle dit que je suis son prodige, sa merveille. Elle dit qu'elle ne veut plus que je me fasse peur avec mes bizarreries. Elle dit que je suis la perfection puisque tout être est en quête de sa complétude et que moi je l'ai trouvée, je la porte en moi. Elle dit que, chez les Grecs anciens, on me vénérerait comme un demi-dieu, que je suis son dieu à elle. Elle dit qu'elle a besoin de ma clarté, de la lumière particulière qui entoure mes paroles et mes gestes. Elle dit que sa longue pratique du dérèglement de tous les sens, l'exigence aiguë de sa pensée et de son savoir devaient la conduire jusqu'à moi qui en suis l'accomplissement, la réponse.

Flore célèbre ma monstruosité comme une énigme résolue. Et moi, l'énigme vivante, le monstre demi-dieu, il m'arrive d'y croire. Il m'arrive de me voir avec les yeux noirs et pénétrants de Flore, de m'idolâtrer, de m'extasier devant ma propre image, comme ce jour où je me suis photographié sous tous les angles dans le miroir sans pouvoir m'arrêter, mon corps entier érotisé par le sentiment de ma beauté, de jouir de me trouver si merveilleux, pas avec mon sexe – je suis interdit de la jouissance des hommes, aucun sperme reconnaissant ne jaillira de moi – mais avec tout mon être tendu vers la certitude de ma perfection et de ma rareté.

Mais ces moments de béatitude sont cher payés. Flore fait tout ce qu'elle peut pour me réconcilier avec mon féminin. Elle m'encourage à parler de la petite fille que j'ai été et qui demeure forcément un peu en moi malgré mes dénégations, ma résistance devant ce sexe honni, qu'elle n'invoque surtout pas dans nos moments d'étreinte où ma masculinité seule me préoccupe et où mes seins, toujours cachés, lui sont interdits. « Tu es fin et conquérant, me dit-elle alors. Tu n'as rien à envier aux hommes. » Mais moi, pendant que mes mains la conduisent au plaisir, je devine que Flore pense à mon désordre sacré et je pleure dans ses bras, mes larmes à l'intérieur. Ne jailliront-elles jamais, elles non plus ?...

Mon père, avec qui je n'habite plus depuis la mort de ma mère, est très impressionné par la personnalité de Flore, cette beauté du Sud, de dix ans mon aînée, ma métaphysicienne, ma prêtresse. Quand mon père admire mes conquêtes, c'est moi qui pisse le plus loin et le plus fort sur notre pommier en fleur.

Quant à Max – qui, contrairement à Geneviève, l'hirondelle envolée, a résisté à mon interminable chute dans les herbes folles –, il souffre un peu de la passion de Flore. Pourtant c'est vers lui que je reviens quand, devant le miroir, je me fais peur à nouveau, vers lui que je reviens quand la matière me fuit, que je n'ai plus de mains, plus de voix, plus de gorge, plus d'oreilles, quand je me désincarne.

Je demeure alors allongé des jours et des nuits sur le divan du salon. Max, assis en face de moi, attend que je reprenne corps, sans rien me demander que ma présence abstraite.

Ce sont toujours mes mains qui se réveillent à la conscience, toujours elles les premières qui reviennent au réel. Il y a dans mes mains une énergie que je contrôle mal, une volonté de vivre qui me dépasse, celle de l'amant fougueux et inventif, certes, mais quelque chose d'autre aussi qui aujourd'hui m'échappe...

Je suis, paraît-il, d'une grande pâleur quand je reviens dans mon corps. La pâleur, dit Flore, de celui qui a vu sans voir, entendu sans entendre.

De ces absences imprévisibles, je reviens plein de fulgurances que j'offre à Flore. Elle les met dans un vase au pied de notre lit où nous causons des heures. Elle m'interroge. Elle veut entendre ce que je n'ai pas entendu, voir ce que je n'ai pas vu. Ces bouquets de mystères enivrent sa tête et ses sens, au point qu'elle en sait plus de moi que je n'en sais moi-même. Flore ma métaphysicienne, ma prêtresse, apprend à lire sur mon mur blanc, blanc comme ma mémoire de moi, sur le mur de la maison quatre murs sans porte et sans fenêtres.

Le mystère de ma désincarnation, elle dit vouloir en lever le voile pour m'aimer davantage, pour être digne de la passion que je lui porte en retour quand je rentre, que je m'habite à nouveau et que mes mains, tous mes sens brûlent d'éprouver à nouveau.

À chaque retour en moi-même j'ai oublié ce que j'ai laissé derrière moi, oublié le désordre de mon corps. Le revoir est une souffrance que la joie d'être à Flore n'apaise pas. Mes seins cachés blessent ma mémoire retrouvée.

Comment dire à la femme qu'on aime que ce qu'elle aime de vous, on ne l'aime pas ? Comment dire à Flore la Passion que le demi-dieu qu'elle vénère n'a d'autre désir que celui d'être un homme ?

Il ne me lâche pas des yeux. Pour lui, je continue d'être en danger. Je suis encore sur le grand trapèze du portique quand je me lâchais la tête en bas. Sa main est toujours sur ma cuisse. Je peux tomber puisque je suis tombé déjà.

Le tourment des seins, il l'a vu revenir. Il l'a reconnue, ma façon honteuse de me tenir voûté, les épaules rentrées comme au temps des piqûres et de la jupe-culotte.

Mon père m'emmène à la montagne. J'ai en poche le couteau suisse qu'il m'a rendu à la sortie de la Maison. Il veut me faire connaître un certain village d'artistes communautaires. Édith, une amie pianiste, nous y attend.

Le prétexte : me distraire. Mais en fait, j'en suis sûr, me montrer quelle sorte de père il est, ce libre-penseur, cet homme qui ne se formalise de rien, et surtout pas de son fils. En le voyant tellement à l'aise à notre arrivée parmi tous ces illuminés, pour

LA TÊTE EN BAS

la plupart homosexuels, je me dis que dans mon malheur j'ai de la chance d'être né de ce père-là. Qui sait si, dans une famille plus normale ou timorée, on m'eût accepté et surtout aimé si naturellement ?...

Nous sommes fêtés. Aucune remarque, ni de regard appuyé, sur mon apparence très dérangeante, mes yeux fixes, à cause d'une idée qui m'obsède depuis des mois.

Je ne remarque pas le piano noir près de la cheminée. C'est lui qui me réveille au matin. Sensation étrange aussitôt : l'impression que c'est moi qui joue. Édith est au piano mais c'est moi qui joue, de la même rare façon que j'avais oubliée, car entre le piano et moi...

Je suis si troublé que je ne l'entends pas entrer : mon père est près de mon lit, une tasse de café à la main.

« Elle joue bien, n'est-ce pas ?
– Oui. Elle joue bien.
– Tu ne trouves pas que... ?
– Si. Je trouve. »

On se comprend, mon père et moi. Il a la délicatesse de ne rien ajouter...

Je suis assis au soleil, sur le pas de la porte, et je ferme les yeux. Quand je les ouvre, ils sont devant moi, à me regarder : trois jeunes, trois garnements qui se poussent du coude.

« Sale petit pédé ! » lance le plus âgé.

Et ils déguerpissent.

Je souris. J'aimerais bien être un sale petit pédé...

Le rituel s'est mis en place : quand je suis assis au soleil, le matin, les yeux fermés sur mon idée fixe, les garnements surgissent, m'insultent et se sauvent. J'apprends que ce sont de jeunes voyous de la ville la plus proche qu'ici on craint beaucoup. Ils sont mauvais, ont le couteau facile.

Les jours passent, les insultes continuent, mais de moins en moins convaincues car je me contente de regarder mes agresseurs avec la fixité de mon idée qui n'a rien à voir avec eux. Un matin, à court d'imagination, les trois voyous s'assoient, à côté de moi, sur le pas de la porte...

Je n'ai pas très souvent l'occasion de rencontrer des enfants ou des jeunes. Ceux-là sont un mélange détonant de candeur et d'agressivité.

Je leur parle. Ils me parlent. Moi de mes herbes folles, eux de leur mauvaise herbe. Pressentent-ils mon mystère ? Je le laisse entier et eux, terriblement intrigués. Je vois bien que je leur fais peur, en même temps que je les charme. Tout ce qui vient de moi semble les fasciner, comme me fascinent leurs faux airs de brutes.

La complicité est forcément née de là, de nos non-dits réciproques et douloureux dont va profiter le village : moins de vols, de vandalisme dans les maisons. Les voyous viennent moins pour prendre ce qu'ils n'ont pas. Ils viennent pour partager ce qu'ils ont : le grand désordre de leurs têtes. Le partager avec moi, sur le pas de la porte, au soleil. Pour moi, c'est comme d'habitude. La mienne, de tête, est déchirée entre la fierté et la honte. Mon pouvoir d'un côté, grand, mon imbroglio de l'autre, désastreux.

Flore avait donc raison. On vient vers la lumière qui entoure mes paroles et mes gestes. On vient vers ma clarté. J'attire les malheureux, les laissés-pour-compte, les paumés, les estropiés de l'âme. Je les attire malgré moi, sans comprendre pourquoi, comment, car le malheureux, le laissé-pour-compte, le paumé, l'estropié de l'âme, n'est-ce pas moi d'abord, n'est-ce pas moi surtout ?

Un matin, tout se décide. Je ne m'assois pas au soleil sur le pas de la porte les yeux fermés. Les voyous agglutinés autour de ma flamme comme des papillons aveugles, c'est fini, je n'en veux plus. Je ne veux plus de mon mystère, plus de ma complétude, de ma prétendue perfection qui me rend si lumineux pour les autres et si sombre à moi-même. Grâce aux voyous, mon idée fixe prend forme. J'arrive à lui donner corps. Elle revient de loin, d'un temps de moi où je n'étais plus tout à fait moi...

Je dois rentrer à Paris. À Flore je peux le dire. À Flore je vais tout dire. L'idée fixe.

Édith s'est mise au piano. Je m'écoute jouer.

« Tu as quelque chose à me dire ?
– Oui. Quelque chose d'important pour moi. »
Cette phrase, je l'ai déjà prononcée, je ne me souviens plus où ni quand, mais je l'ai prononcée.
« Tu veux que je le dise à ta place ?
– Oui. Je veux bien.
– Tu souhaites te faire retirer les seins. »
Elle sait. Elle a su avant moi, celle qui lit sur mon mur blanc de la maison quatre murs sans porte et sans fenêtres, celle à qui j'ai raconté les piqûres-poison, la bataille perdue contre Denise, le supplice de la jupe, celle qui me côtoie nuit et jour interdit de nudité, condamné à la dissimulation, au jeu de cache-cache tragique avec moi-même, celle qui ne doit surtout pas revoir, ni deviner, ce qu'elle a aperçu le premier matin de notre rencontre, dans cette même chambre à coucher, sous ce même drap frais de femme, celle enfin qui m'aime en entier, folie comprise.

Flore me sourit en repoussant le drap, sur sa nudité à elle, libre, somptueuse.

C'est tout. Ce sera tout. Un sourire, rien d'autre, en réponse à mon idée fixe, mon souhait déjà partagé, car je n'ignore pas ce que Flore va perdre si je vais jusqu'au bout de ma décision, comme elle n'ignore pas non plus ce que je vais y gagner.

Gagner. C'est bien d'une victoire qu'il s'agit pour moi si je vais jusqu'au bout, une victoire sur le désordre des choses.

« Qui est Britannicus ? demande Flore en ouvrant les volets.

– Britannicus... Je n'en connais qu'un, celui de Racine, pourquoi ?

– Parce que tu as rêvé d'un Britannicus. Tu as prononcé son nom et tu avais l'air très en colère. »

Mon rêve de la nuit me revient. J'ai dix-sept ans. Ce soir-là, je vais pour la première fois à la Comédie-Française. *Britannicus* est à l'affiche. J'accompagne une amie, qui n'est pas Geneviève mais qui m'attire beaucoup. Je me souviens d'avoir mis du temps à me préparer. Je porte un costume sombre, très chic, dont la jeune fille me fait compliment. Puis tout s'effondre : le garde à l'entrée du théâtre me refoule, à cause du pantalon. Une femme en pantalon est inconcevable à la Comédie-Française, et j'en suis une. Plus tard, je retourne au théâtre en jupe. C'est déguisé que je vois *Britannicus*.

« Rêve ou souvenir ? interroge Flore, qui connaît

ma tendance à rêver, par pans entiers, de vrais souvenirs de mon passé hachuré par mes longues absences.

– Souvenir. Difficile, pour moi, la Comédie-Française... »

Je me lève à mon tour. La colère de ce soir-là elle aussi me revient, intacte.

Dans la salle de bains, j'ôte ma chemise. Une chemise claire que je porte la nuit et ne retire jamais, même lorsqu'il fait très chaud, la chemise-recel, dans laquelle je ploie, je me voûte pour effacer ce qui ne m'appartient pas.

Je ne me suis pas contemplé nu depuis longtemps en dehors de mes rares scènes d'extase, d'idolâtrie, où le délire me fait m'admirer sans réserve et croire à ma perfection.

Je me regarde lucidement, malgré la colère réveillée mais rentrée, comme mes épaules.

Je suis un monstre. J'ai quarante ans et je suis un monstre. Je n'ai même plus la grâce de la jeunesse dans cet assemblage incohérent où rien continue d'aller avec rien.

Faut-il que tu sois poète, Flore, ou un peu folle, toi aussi, pour célébrer ce que je vois là, pour y trouver du merveilleux! Je suis un monstre, Flore, un monstre qui commence à vieillir.

Vieillir, la seule chose normale qui puisse arriver maintenant à ce corps, sauf si. Sauf si je vais jusqu'au bout, sauf si je tranche, d'un coup de lame, là!

Je saisis à deux mains les deux mamelons de chair molle, accrochés comme des tumeurs, de mauvais fruits. J'imagine la lame aiguisée, les deux fruits qui se détachent. Avec le couteau suisse de mon père j'aurais pu, je l'aurais fait, quand j'étais à la Maison... Aujourd'hui je suis calme. Guéri de la déraison ? Pas totalement, mais raisonnable assez pour savoir que le moment est enfin venu. Je suis prêt.

Sans regret, Denise. Sans regret, je vais t'amputer. Plus personne maintenant pour m'en empêcher. Denise la molle, l'envahisseuse, la mauvaise graine, je te sacrifie. Mon buste est fatigué de t'avoir portée. Ne proteste pas. Ne dis rien. Chut.

« Chut... » Il l'a dit pour lui-même mais elle a dû l'entendre.

Flore, debout, silencieuse, attend que Paul revienne. Elle sait attendre qu'il revienne du plus loin de lui, de l'absence.

Depuis combien de temps est-elle là, sans bouger ?

Combien de temps est-il resté torse nu, assis au piano ?...

Paul se retourne lentement.

Les yeux de Flore ne cillent pas. Ce qu'elle découvre doit la bouleverser, mais ils ne cillent pas.

« Bonjour, Paul. »

Le « bonjour » n'est pas un bonjour ordinaire. Comme son père et Max l'ont fait, Flore, à son tour, lui souhaite la bienvenue. Bienvenue dans l'ordre des choses.

« Comment es-tu ?
– Bien. Je suis bien. Je suis moi-même.

– C'est vrai, tes épaules sont plus droites.
– Tu m'as écouté ? demande Paul, qui n'ignore pas qu'elle le voit au piano pour la première fois.
– Oui, bien sûr... Qu'est-ce que c'est ? Une musique pour enfants ? »
Paul sourit. Pour enfants, peut-être... D'enfant, sûrement.
« Je peux rester ?
– Tu peux rester. »
Flore va s'étendre sur le canapé. Elle contemple son demi-dieu mutilé, son guerrier sorti glorieux d'un combat contre nature et qu'elle craignait, car cruelle est la nature quand elle s'égare.
La tête pâle levée vers le soleil, Paul s'est remis à jouer. Il cherche une musique qui ne vient pas. Il cherche sa sonatine.

Bientôt, les pansements ne seront plus nécessaires. Les chairs refermées cicatrisent, les estafilades bleutées s'estompent.

Après avoir tant maudit la nature, Paul en admire l'opiniâtreté. La voilà pressée désormais de tout remettre en ordre avec la même inébranlable constance qu'elle a mise au désordre.

La poitrine de Paul est celle d'un homme.

Il ne se lasse pas de la dénuder, d'en vivre l'étonnement. La volupté d'être nu dans les draps frais de Flore le tient éveillé des heures entières, les yeux ouverts sur la joie, la main posée sur ce sein nouveau qu'il apprend à connaître. Il jouit du lisse, du plat. La guerre est finie, la guerre contre lui-même. Et il est vivant.

Paul n'est plus sur ses gardes. Il est sans méfiance. Son corps, bien qu'encore imparfait, ne lui fait plus peur. Il ne le fuit plus. Il veut bien l'habiter maintenant, de haut en bas, de bas en haut. Le temps de la paix est venu. L'heure de l'apaisement, de la réconciliation.

La minuscule fente, la lézarde, l'encoche, la boutonnière, la bouche muette de fille ne le révolte plus. C'est celle d'une toute petite, pas celle de la femme qu'il n'a jamais été. Le corps se rassemble. Cette sérénité soudaine calme même en Paul les ardeurs masculines. Les semaines passant, cette impression se précise. Flore sent que Paul se détache, non pas d'elle, mais de la nécessité de prouver, de l'élan zélé du sexe.

Être homme n'est plus sa passion, mais une évidence tranquille. Être homme, en avoir la certitude, puisqu'il l'est devenu, suffirait presque à son désir.

Lui ne ressent pas comme un manque ce détachement, plutôt comme la sensation d'une complétude harmonieuse qui fait revenir de plus en plus souvent à sa mémoire, elle aussi pleine d'estafilades bleutées, de cicatrices, la petite fille d'avant les seins, la petite fille au front trop grand, rempli de musique.

Une nuit, il l'appelle dans son sommeil. Il rêve qu'il la retrouve, que l'un et l'autre se rejoignent.

« Rêve ou souvenir ? demande Flore.

– Les deux, je crois », répond Paul.

Ces retrouvailles qu'elle a tant souhaitées, Flore les voit venir. Elle, qui a oublié la petite fille qu'elle fut, apprend à la reconnaître chez l'homme qu'elle aime. Aucune petite fille ne lui est plus proche ni plus familière que celle qui revient en Paul, chaque jour plus présente, un peu comme leur enfant commun, l'enfant qu'ils n'auront jamais.

Cette petite les sépare et les rapproche dans un curieux va-et-vient de l'amour-passion.

Paul, consentant, se laisse visiter par l'enfant fille. Sa présence en lui, lumineuse, lui fait mesurer le manque où sont contraints les gens normaux qui l'entourent, condamnés à l'unité, si pauvre finalement, si limitée.

Il les plaint. Il voudrait partager avec eux la richesse de son savoir, sa voyance née aujourd'hui de la complétude heureuse, qu'il a si cher payée de sa chute dans les herbes folles, au fin fond du jardin fou. Trop cher ? Bien évidemment : trop cher. Un prix démesuré, un prix monstrueux. Comme lui. Mais la guerre est finie. Le temps est venu de la paix.

Pourtant Paul, qui a été aimé, qui est aimé à profusion, n'a qu'un unique vrai regret d'homme : n'avoir jamais éprouvé l'extase de la petite mort. Paul rêve encore du grand jet, du javelot, de la lance glorieuse éclaboussant le ciel. Paul rêve encore et toujours de l'impossible. Paul rêve d'éjaculer.

Bien droit, dans sa veste de drap noir et sa chemise au col blanc montant, Paul ouvre son piano. C'est dans cette maison – celle de son père, absent pour quelque temps –, au milieu des meubles et des objets de l'enfance, que Paul vient quand il veut jouer.

Ce soir, Paul veut jouer. Il a promis à Flore de la rejoindre à un dîner, plus tard.

Sa mère, si elle le voyait maintenant, si élégant, sa mère l'aimerait. Son fils doit lui manquer depuis qu'elle a sauté du muret. Il aurait voulu qu'elle fût la toute première à lui souhaiter la bienvenue dans l'ordre des choses, pour sa deuxième naissance, la tête en bas.

Ce soir, Paul a envie de notes. Pas uniquement de les entendre mais de les faire. L'envie est pressante. Il s'en rend compte à ses mains, qui vont plus vite que sa tête et courent déjà sur le clavier.

De la folie, Paul a appris aussi que les mains peuvent ne plus lui appartenir, que la tête est parfois en retard sur les mains quand elles tiennent un couteau, ou courent, de note en note, sur un piano. C'est pourquoi il laisse faire, il laisse courir les mains.

D'abord, il ne les sent pas, trop occupé à se laisser guider par ses doigts impatients, puis il comprend qu'il n'est plus seul. Quelqu'un s'est joint à lui. Deux autres mains courent entre les siennes sur le clavier.

Ces mains impulsives, ces menottes tourmentées qui sentent la galoche, il les attendait, il les espérait, car elles savent ce qu'elles cherchent. L'envie qui monte comme une envie de pipi, les notes toutes prêtes, toutes composées dans la tête, elles s'en souviennent.

Maintenant que l'enfant fille l'a rejoint au piano Paul se rejoint lui-même. Les quatre mains s'accordent.

Mesure après mesure, la musique perdue remonte de la lointaine mémoire. Il la laisse venir comme il laisse venir la sensation oubliée de son corps de fille, une fille au front trop grand, une fille en bois dur, assise sur ce même tabouret sur sa fente de fille.

Mesure après mesure, la musique monte. Une mère en manteau, sur le pas de la porte, le pot à lait dans la main, s'est arrêtée pour écouter cette musique qu'aucune mère n'a entendue venant d'une petite fille.

Paul laisse venir ce qui doit venir.

Enfin, la sonatine jaillit de ses quatre mains, glorieuse. Comme une lance.

Comme une lance ? Chut.

Du même auteur

Le Corps à corps culinaire
essai
Seuil, 1976 ; réédition avec une préface inédite, 1998

Histoires de bouches
récits
prix Goncourt de la nouvelle 1987
Mercure de France, 1986
Gallimard, « Folio » n° 1903

À contre-sens
récits
Mercure de France, 1989
Gallimard, « Folio » n° 2206

La Courte Échelle
roman
Gallimard, 1993
et « Folio » n° 2508

À table
récits
Éditions du May, 1992

Trompe-l'œil
Voyage au pays de la chirurgie esthétique
Belfond, 1993
réédition Seuil, 1998, sous le titre Corps sur mesure

La Dame en bleu
roman
prix Anna de Noailles de l'Académie française
Stock, 1996
« Le Livre de Poche » n° 14199

La Femme Coquelicot
roman
Stock, 1997
« Le Livre de Poche » n° 14563

La Petite aux tournesols
roman
Stock, 1999
« Le Livre de Poche » n° 15023

TEXTES CRITIQUES

Système de l'agression
(Choix et présentation
des textes philosophiques de Sade)
Aubier-Montaigne, 1972

Introduction et notes à
Justine ou les Malheurs de la vertu *de Sade*
Gallimard, coll. « Idées », 1979
coll. « L'Imaginaire », 1994

RÉALISATION : PAO ÉDITIONS DU SEUIL
IMPRESSION : S.N. FIRMIN-DIDOT AU MESNIL-SUR-L'ESTRÉE
DÉPÔT LÉGAL : JANVIER 2002. N° 41686 (57649)